あやかし手製本編纂館

あなたの想い、紡ぎます

角川文庫
24317

目次

主な登場人物

仲里壱花《なかさといちか》　真面目で器用貧乏な会社員。過干渉な母を持ち、結婚をせっつかれている。両親の離婚の原因となった写真撮影を、密《ひそ》かな趣味としている。妖怪《ようかい》やあやかしの類《たぐ》いが極端に苦手。

月無恭介《つきなしきようすけ》　月無手製本編纂館の館主。すれ違う者のほとんどが振り返るほどの美男子。就業時は燕尾《えんび》服《ふく》姿に慇懃《いんぎん》な態度で客を迎えるが、プライベートでは軽薄で屈託のない性格。男女交遊も奔放。

伊緒莉《いおり》　月無手製本編纂館のメンバーの一人。一見着物姿の麗しの長身美女だが、身体は男である。愛想もよく物腰柔らかだが、どこか摑《つか》みどころのない人物。編纂館でデザイン担当として働く、あやかし・ぬらりひょん。

かまじろう　月無手製本編纂館のメンバーの一人。イタチを思わせる見た目に、両手には大きな鎌《かま》が伸びている。編纂館で工作担当として働く、あやかし・カマイタチ。

第一話　月無手製本編纂《へんさん》館へようこそ

「だからねお母さん。ああいう仕事に関係のない郵送物を、勤務先に送ってくるのはもうやめて。郵送物を分別する人たちのご迷惑になるでしょ？」

オフィスを出るころには、街はすっかり夜の闇に包まれていた。

年季の入ったオフィスビルが詰め込まれているこの辺りは、車のテールランプと、信号の眩《まぶ》しい赤、眠たそうに近場を照らす街灯の光がごった返している。

いつもと変わらない風景をぼんやり眺めながら告げた仲里壱花《なかさといちか》に、電話越しの母は「えー？」ととぼけた声を出した。

「どうせ他にだって、郵送物のひとつやふたつあるんでしょ。なら、五通の封筒が交ざったところで別に問題ないじゃない。壱花の勤め先も頭が固いわねえ」

「それと、お見合い写真を送ってくるのももうやめてほしいの。私、まだしばらくは結婚も考えてないから」

「あんたねえ！　そんな悠長なことを言ってたら、あっという間に優しい人は売り切れて、貰《もら》い手が一人もいなくなるよ！」

貰い手。もう何度も耳にしてきた単語に、壱花はげんなりする。

「いつまでたってもぼんやりして！　だからお母さんがこうしてあちこちに頼み込んで結婚相手を探してあげているんじゃない。いい加減に現実を見て、お母さんを安心させてよ。それが親孝行ってものでしょう？」

「……まあ、そうかもね」

ため息を誤魔化すように短い肯定を告げると、受話器の向こうから「でしょー!?」と母の声が届く。どうやら一応満足してくれたようだ。

「でもこれからそういったものは、会社じゃなくて自宅に送ってね。家に送ってくれたら、中身はちゃんと確認するから」

「うんうん。今回のお見合い候補もなかなかの粒揃いよお。早めに確認の連絡をお願いね」

「わかった。それじゃあ、切るね」

なんとか優しい口調のまま、通話を終わらせることができた。

気づけば頬の辺りがぴりぴりと引きつっている。作らなくてもいいはずの笑顔を貼り付けていた自分に、壱花は今度こそ特大のため息を漏らした。

壱花の母はシングルマザーだ。

壱花が小学生の時にフリーのカメラマンだった父と離婚し、母は女手ひとつで壱花を育て上げた。そのことについては心から感謝しているのだが、独り立ちしてもなお、母の『育児』は終焉《しゅうえん》を迎える気配がない。

粒揃いなんて称されつつも、見合い写真に同封されたルーズリーフの束には、母の所見——という名の彼らの減点ポイントが書き連ねてあるのだろう。申し訳なさを感じつつ、せめて写真は丁重に扱おうと茶封筒が収められた紙袋をぎゅっと持ち直す。

結婚。壱花には、それが人生の幸いだと思えない。結婚しなければ離婚もしなくて済むのだから。

皮肉めいた言葉を脳裏に過《よぎ》らせ、壱花はふらふらと夜道を進んでいく。いつもより視界が暗い。母と話したからだろうか。

「あ……そうか。今日は新月なんだ」

再び引っかかった信号で見上げた空に、壱花はそう独りごちた。

月明かりのない夜。星たちの輝きが一層美しい夜。せめてもの希望をかき集めたくて、壱花は食い入るようにその夜空を見つめた。

道脇のベンチに静かに腰を下ろし、通勤カバンの最奥からあるものを引っ張り出す。革のカバーに包まれたそれは、手のひらサイズのデジタルカメラだ。

今のデジタルカメラは、裏の液晶モニターからレンズ越しの画《え》を確認できるものがほとんどだが、壱花は好んでファインダー越しに撮影を行っている。

何の変哲もない街の一角。深い紺色に沈んだ夜空と、瞬く幾千の星。吸い込まれるように魅せられた光景を、静かにカメラに収めていく。

「そろそろ、前に撮った写真も現像に出して……あ、もう今のアルバムも、空きがなくなりそうなんだっけ」

カメラとともに持ち歩いている手帳サイズのアルバムを、パラパラとめくっていく。そこに収められた光景を目にするたび、平凡で単調な日常にぽとりと極彩色の雫《しずく》が落とされるような心地になる。その心地が、壱花はたまらなく好きだった。

離婚した父は、家族との人生よりもカメラとの人生を選んだ。にもかかわらず、娘の壱花もまた、カメラを趣味としていることは、あの母には口が裂けても言えない極秘事項だ。

「……あれ？」

再びカメラのファインダーを覗《のぞ》き込んだ瞬間、壱花はある建物に目が留まった。

大きな通りを挟んだ向こう側に立つ、オフィス街からはかなり浮いたデザインの建物。新月の夜のため色合いは定かではないが、まるで西洋建築か教会を思わせる造りで、頂上には風見鶏らしきものが飾られていた。

そして何より、正面扉横に立てかけられた黒色の看板が、不思議なほどに壱花の興味をさらう。

信号を早足で渡り、チョークで記された看板の文字にそっと視線を合わせた。

『世界で一冊だけの本、紡ぎませんか』

「わあ……」

なんて素敵なんだろう。

案内文句もそうだが、さらに惹《ひ》かれたのは綴《つづ》られた文字そのものだった。

なんて優しくて、繊細で、温かみを感じる文字だろう。

カメラ越しに様々な風景に魅せられてきた壱花だったが、文字に心奪われたのはこれが初めてかもしれない。

改めて、目の前の建物を仰ぎ見る。扉は焦げ茶色の重厚なもので、取っ手には蔦《つた》模様を思わせる精巧な刻印が施されていた。そんな威厳すら感じられる扉に掲げられた、『開館中』の札。

気づけば壱花の手は、取っ手をぐっと斜めに押し下げていた。

「――……！」

次の瞬間、ざわっと空気が大きく揺れた気がした。招かれざる客だったかと身構えつつ、壱花は洋館の中をそっと覗く。

そこに広がるのは、想像に違《たが》わず豪華な造りの内装だった。

西洋の絵画を思わせる絨毯《じゅうたん》が敷かれた広間には、あちこちにデザインの異なるテーブルや椅子、ソファーなどが設《しつら》えられている。玄関の延長線上には落ち着いた色合いのカウンターテーブルがあり、左右の壁際から階段が弧を描きながら二階部分へと伸びていた。

そして何より壱花が目を奪われたのは、広間全体をぐるりと囲んでいる壁だった。

壁には長方形の凹みがあちこちに施され、中には形や大きさ、色や造りも異なる品々が、まるで美しい宝石のように恭しく展示されている。

「これはもしかして……全部、本……？」

見慣れた文庫本ほどのサイズの本もあれば、桜の形に切り取られたもの、高さ数センチほどの小さな豆本もある。綴《と》じ方も、綴じ部分にのみ特徴的な色が施されたものや、紐《ひも》で綴《つづ》られたもの、蛇腹になったもの。

本たちの輝き溢《あふ》れる個性が目に留まり、壱花の胸はわくわくと期待に弾んでいった。

「すごい。可愛い。素敵……！」

「いらっしゃいませ。人間のお客さま」

「！　あ……っ」

柔らかな声色が壱花の耳に触れ、どきりと心臓が跳ねる。

声のした方を振り返ると、そこにはいつの間にか一人の男性が立っていた。

平均的な身長の壱花が見上げるほどの、すらりとした長身。ふわふわと柔らかそうな明るい茶髪に、目元の泣きぼくろがほのかな色香を滲《にじ》ませる。

さらには上質な燕尾服《えんびふく》という装いで登場した美男子に、壱花は咄嗟《とっさ》に言葉を失った。

「はじめましてのお客さまですね。ようこそ、月無《つきなし》手製本編纂館《へんさんかん》へ」

「つ、月無、手製本編纂館？」

「今お客さまがいらっしゃる、この建物の正式な名称です。手製本というのは、手作業で紡がれていく本のことですね」

「あ……」

突然告げられた言葉に狼狽《うろた》えたが、なるほど。確かに表の看板には、本の制作を思わせる一文があった。

「すみません勝手に入ってしまって。その、とっても興味を引かれたので、つい」

「歓迎いたしますよ。この編纂館は、手製本の制作は元よりその本を館内に展示し、ご観覧いただく空間なんです。お好きな席で、心ゆくまでお楽しみくださいね」

「ありがとうございます」

一礼のあと、ゆったりとした所作で奥へと消えていったその人に、壱花はほーっと小さく息を吐く。

日頃、家と会社とスーパーをぐるぐると巡るのみの壱花にとって、突然現れたイケメンは少々刺激が強すぎた。煌々《こうこう》とした眩《まぶ》しい光が、壱花は苦手なのだ。

そんな美形スタッフの存在に少し居心地の悪さを覚えたが、壱花の興味は再びすぐにあちこちに展示された本へと向けられた。

こちらをもてなすように佇《たたず》む、個性豊かな本たち。手製本編纂館、というくらいなのだから、恐らくすべて手製本なのだろう。

「ふふ。『ボクに三本の尻尾《しっぽ》があったなら』だって。面白い」

観覧OKという先ほどの説明に甘え、壱花は目についた手製本を手に取り、その世界に入り込んでいった。

主人公の猫はもともと尻尾が二本ある不思議な猫で、もしも自分の尻尾が三本だったら、と想像を巡らせる、なんとも微笑ましい内容だった。

他にも『今日の湯呑《ゆのみ》さん観察日誌』『カラスなの？　テングなの？』などの本に目を通し、胸がすっかりほくほくと温まっていく。

展示横には一言感想を書き込むカードが添えてあったため、壱花は一冊一冊に感想を書き込み広間横の回収箱に収めていった。

そして次に壱花が歩みを止めたのは、一冊のA4サイズの手製本の前だった。

「『ぼくたちのだいすきなおかあさん』……」

ざらりとした表紙の質感が、指先に優しく擦《す》れる。和紙のようなしわ感のある素材の表紙に、中のページはそれぞれの厚みが想像以上で、結構な重量が感じられた。

立ったままの閲覧は難しいと感じた壱花は、閲覧用らしい近くのソファー席に移動し、自身の荷物とともに腰を下ろす。膝《ひざ》の上に置いた先ほどの手製本を改めて見遣《みや》り、その表紙をそっとめくった。

『ぼく、げんきは、おかあさんのこんなところがすき!』

「ふふ、可愛いなあ」

最初の見開きページに綴られた文章に、思わず顔が綻《ほころ》ぶ。

拙くも可愛らしいクレヨンの文字からは、筆者が小学生にも満たない年齢であろうことが窺《うかが》えた。タイトルが『ぼくたち』となっていることから察するに、兄妹たち一人一人が、母の好きなところをあげていく構成になっているのかもしれない。

自分がいつからか諦《あきら》めてしまったきらきらと素敵な母子《おやこ》の絆《きずな》が、ここには確かにある。そのことに、胸がじんと熱くなる。

「――っっ、ひゃあああっ⁉」

突然口から飛び出した壱花の悲鳴が、館内に大きくこだました。

膝に広げていた手製本を勢いよく閉じ、はーはーと荒い息を繰り返す。仰《の》け反った拍子に自身の荷物がどさどさと床に落ちたが、それに反応することもできなかった。

今見た絵は。今見た絵は、いったい何だ?

先ほどの可愛らしい文言に導かれるようにめくった、次のページ。てっきり、ほのぼのと微笑ましい母のイラストが描いてあるのだろうと思っていた。

しかしそこに現れたのは、血走った大きな瞳《ひとみ》に、鋭い牙《きば》、真っ赤に染まった皮膚。ページいっぱいに描かれたその絵は、大好きなお母さんというよりもまるで——

「っ……ぷぷ。お客さま、大丈夫ですか」

「え」

気づけば先ほどの美形スタッフが、口元に手を添えながら傍らに立っていた。

「っ、すみません。突然、大声を上げてしまって……！」

「気にしないでください。お客さまのような反応をされる方も珍しくありませんから」

にこにこと返す美男子に、壱花は曖昧《あいまい》な笑みで会釈をする。

というか、あれ。さっきこの人、私の驚きように笑ってなかったか。

「こちらの手製本は、ある大家族のお子さんたちが毎年作られている母の日の贈り物なんですよ。いつも一年前に作られた本を、ご厚意で短期間展示させていただいているんです」

「そ、そうでしたか……母の日の贈り物……」

「そのご家族は、由緒正しい鬼一族なんです。私も一度お母さまにお会いしましたが、その魅力をよくよく捉《とら》えられた素敵な絵ですね」

「…………」

ごく自然に語られた内容に、壱花は目を瞬かせた。

由緒正しい鬼一族。

鬼一族？

いまだ速い心音を聞きながら、妙なことを語っている男性にますます混乱が深まる。

「お荷物が床に落ちてしまいましたね。足元を失礼します」

「あっ、大丈夫です！　自分で拾いますので……！」

躊躇《ちゅうちょ》なくその場に跪《ひざまず》いた男性に言われ、床に落としてしまった荷物の存在をようやく思い出す。

落下した通勤カバンや紙袋からはあらゆる荷物が飛び出し、見合い写真と複数枚のルーズリーフまでもが散乱していた。母が熱心に書き込んだのだろう、見合い相手への評価が記された紙だ。

身体を取り巻いていた恐怖心が、徐々に燃えるような羞恥心《しゅうちしん》に代わっていく。

慌ててそれらを紙袋に押し込んだ壱花は、他の荷物もまとめて席を立った。こんなものを目撃されてもなお同じ空間に居座れるほど、壱花の面の皮は厚くない。

「ほ、本日は本当にご迷惑をおかけしました……！　こちらの手製本は、元の棚に戻せばよろしいでしょうか」

「結構ですよ。こちらで戻しますので、お預かりします」

「……あっ、すみません、もう少しだけお待ちいただけますか？」

渡そうとする手を一旦《いったん》止めた壱花は、再度ソファー席に腰を据える。目の前のテーブルで向き合うのは、事前に取ってきていた一枚の感想カードだった。

あれこれ頭を捻《ひね》りながら書き終えた感想カードとともに、今度こそ手製本を男性に手渡す。

「ありがとうございます。感想カードはあくまで任意のものですので、無理に記していただく必要はございませんよ」

「いいえ。誰かが作ったものに、一時でもお邪魔させていただいたんです。このくらいはしないと、私の気が済みません」

とはいえ、見開き三ページほどで閉じてしまった手製本に、ボリュームいっぱいの感想を記すことは難しい。それでも、今壱花が抱いた感想を残すことができたと思う。

「お客さまはとても誠実な人となりをお持ちなんですね」

「え?」

「カードに書かれた文字からも、そのことが伝わります。素敵だと思いますよ。とても」

ふわりと柔らかな笑みで告げられたのは、真っ直ぐな褒め言葉だった。

言葉がじわじわと頭の中に沁《し》み込んでゆき、壱花の思考はぴたりと停止する。自分の人となりについて褒められるなんて、いったいいつ以来だろう。

「では、しっかりとお預かりさせていただきます」

「あ、はい……」

結局気の利いた返答をすることもできないまま、壱花は編纂《へんさん》館の扉へそそくさと移動する。扉を開くと、夜色に染まった街と頭上に広がる星空が壱花を静かに出迎えた。

思いがけず見つけた、手製本編纂館。

スタッフも館内の雰囲気もとてもいいけれど、あの本への疑問は今も残っている。

そうでなくとも、突然の奇声、荷物ばらまき、挙げ句の果てに複数の見合い写真と失礼極まりない意見書の公開という三大醜態を晒《さら》してしまった後だ。

もうここに、大手を振って来ることはできないだろう。

「またどうぞ、お越しになってくださいね」

壱花の心を見透かしたかのような、凛《りん》とした声。

思わず振り返ると、扉前でにこりと微笑む男性の姿があった。

「これも何かのご縁です。月無手製本編纂館を見つけてくださるお客さまのご来訪を、我々はいつでもお待ちしております」

「……はい。ありがとうございます」

静かに告げられた言葉はあまりに心地よく、温かかった。

明るい茶髪を夜風に優しく揺らす姿は、まるで満月からの遣いのようだ。

足かせのようにずっしり重かったはずの紙袋が、不思議と軽くなった心地さえしてくる。

家路につく壱花の胸には、不可思議からの小さな爪痕《つめあと》と、それを打ち消すような温かな光の粒が淡く残されていた。


しかしながら、そんな魔法にも似た心地は、数日ともたなかった。

あの建物が見当たらないのだ。

次の日も、その次の日も、記憶の糸を必死にたぐり寄せてみても、何故かあの洋館だけが見つからない。

あの日撮影した写真をわざわざ現像してまで捜し回ってみたものの、辿《たど》りつく先は雑草がまだらに生えただけの空き地だ。

「やっぱり夢……だったの……？」

まるで狐に摘まれたかのような気分で、壱花は空き地前に呆然《ぼうぜん》と立ちすくむ。

結局あの不思議な洋館を見つけられないまま数日が経ち、次第に壱花はいつもの平凡な日々に埋没していった。

「ふう……今日もいつもどおり、ご多忙でした……」

本来の就業時刻がとうに過ぎた中、壱花は独り言《ご》ちつつ会社をあとにした。

今夜はうまくいけば気になっていたドキュメンタリー番組をリアルタイムで視聴するつもりだったが、そういう日に限って問題は発生するものだ。

後輩に作成を頼んでいた資料に重大な抜け漏れが発覚し、直属の上司である自分に修正作業が降ってきたのだ。ちなみにその後輩は朝から華やかな花柄のワンピースに身を包み、どこぞの街コンへと出陣していった。

『壱花先輩はこういう予定は必要ありませんもんねえ。お母さまがあんなに熱心にお見合い相手を探してくださるんですもん』と、母の迷惑行為まで引き合いに出された。どうも自分は、後輩に嫌われているらしい。

まだ二月に入ったばかりの壱花の暮らす街は、吹き抜ける風がきんと冷たい。

都心近くのため雪こそ降らないが、もこもこした厚手のコートは冷え性の壱花には必須《ひっす》のものだ。お洒落《しゃれ》最優先で薄手のワンピースをまとう後輩のしたたかさが、密《ひそ》かに羨《うらや》ましい。

「はー……綺麗《きれい》なもの、どこかに撮りに行きたいな……」

そう呟《つぶや》いた瞬間だった。何かの気配を感じた壱花は、はっと目を見張る。

赤信号で止まっている、横断歩道の手前。まばらに通り過ぎていく自動車のテールランプ。覚えのある建物の並び。

青信号になった瞬間、壱花は無我夢中で横断歩道に飛び出していた。

初めての訪問からおよそ一ヶ月。

記憶の隅に追いやられそうになりつつも、決して忘れられそうにない、美しくも妖《あや》しくもあった手製本編纂館の姿が、確かにそこにあった。

「ようこそ。月無手製本編纂館へ」

建物を見つけた歓喜から勢いよく扉を開いてしまった壱花に、柔らかな声が掛けられた。

扉から真っ直ぐに伸びる絨毯《じゅうたん》の向こうの、カウンター席。そこには以前訪れたときと同様に、少し癖のある茶髪に燕尾《えんび》服《ふく》の美男子が、爽《さわ》やかな笑みをたたえて立っていた。

「どうぞ、ごゆっくりお過ごしくださいね」

「あ……、ありがとう、ございます……」

辺りを見回すが、やはり客人は壱花一人のようだ。

今日も壱花はゆっくりと、壁棚に展示された手製本を見て回る。

そんな中、ふと気になるものを感じた壱花は、男性が立つカウンターへ視線を向けた。

カウンター席にはいくつかの資料らしき紙が広げられ、中には写真らしきものも交ざっている。そして不思議なことに、男性が立つ向かい側の位置には、無人の昇降椅子が置かれていた。

それはまるで、誰かがそこに座るために用意されているかのようだ。

「うう一ん。なあんか、違うのよねえ」

壱花の耳に届いたのは、鈴のように澄んだ女性の声だった。

どきっと心臓が飛び上がる心地を覚え、館内を再度きょろきょろと見回す。

重厚な扉の開閉に気づかないはずはない。今館内にいるのは、美形スタッフと壱花の二人だけのはずなのに——

「え?」

「は?」

思わず声を上げてしまった壱花に、その女性——いや、少女は大きく眉間《みけん》にしわを寄せる。

カウンター前に置かれた昇降椅子の上に、その少女は優美に腰を下ろしていた。

つい一瞬前まで、その椅子は無人だったはずだ。

「なによ。わたしの顔に何か付いてる?」

「い、いいいえ、いいいえっ」

「そう。気が散るから、こっち見ないでくれる？」

「はい。失礼しました……！」

きっと刺すような目で睨《にら》まれ、壱花は素早く視線を逸《そ》らした。それでもすでにその姿は、壱花の記憶に焼き付いている。

見た目は恐らく七、八歳かと思われる子ども。

そして何より、もの凄《すご》い、美人なお嬢さんだった。

雪のように白い肌に、薄い色素の大きな瞳《ひとみ》、サクランボのようにつるりと愛らしい唇。まとう服は白いレースがふんだんにあしらわれたワンピースで、長く艶《つや》やかな髪は晴天を反射させた雪原を思わせる銀色だった。

「あなたたち人間は雪景色なんてどれも同じものだとお思いでしょうけどねえ。降る場所、降る時間によっても、全然違うのよ？　ここにある雪景色は、どれもわたしが思い描いていたそれとは違いすぎるわ」

少女の明瞭《めいりよう》な声が、広間にこだまする。

その語られた内容に、壱花は頷《うなず》くものがあった。

母の目が届かない一人暮らしを始めて以降、壱花はそれまでの我慢のたがが外れたように写真を撮り続けてきた。そのためか、風景の微細な違いには他人よりも敏感らしく、周囲からはあまり共感を得られないことが多いのだ。

「ご希望に添えず申し訳ございません。我が編纂館《へんさんかん》で現在ってのある写真家の方の資料は、これがすべてでございます」

「嘘でしょ⁉　今どきの写真家はその地に棲《す》まうあやかしの妖気《ようき》の欠片《かけら》もうまく撮影できないの⁉」

少女の明瞭な声が、再び広間にこだまする。

その語られた内容に、壱花は再び頷きかけ……そのままこてんと首を傾げた。

アヤカシ。ヨウキ。今の発言に、うまく漢字変換ができない単語がいくつかあった気がする。現代の流行《はや》り言葉だろうか。

それはさておき、どうやらこの二人は、写真素材の話をしているらしい。

確かに手製本に使用する写真素材の選定は、依頼主の思い入れが濃く現れる作業のひとつだろう。

「ただ、正式なってはございませんが、お一人だけ、お客さまのお眼鏡に適《かな》うであろう写真家の方に心当たりがございまして」

「あら、いいじゃない。もったいぶらないで、早くその人を紹介しなさいよ」

「はい。そちらの女性です」

「…………」

「…………」

……はい？

妙なところでカウンター席の会話が途切れたことに気づき、壱花がそろりと後ろを振り返る。

そこには明らかに壱花に向けて右手を差し出す美形スタッフと、麗しの美少女が、揃ってこちらを見据えていた。

端整な二人の顔立ちから発せられる強い視線に、壱花はひくりと口元を軋《きし》ませる。

「あ、あの。私が何か……？」

「はい。こちらのお客さまに、あなたのことをご紹介させていただいたのです。あなたの撮影する写真こそ、必ずやお客さまのご希望を叶《かな》えるに違いないと」

「……はいい？」

先ほどの話からどう飛躍して自分に着地したのかと、壱花はひどく混乱する。

品定めするような少女の視線に慌てて首を横に振ろうとしたが、カウンター越しの男性が、すっと胸元からあるものを取り出した。

「……っっ、そ、その写真……どうして!?」

「以前お越しいただいた際に、お席でお荷物を落とされましたよね？　そのときにカバンから飛び出してしまったようでして、再度来館された折にお返ししたいと思っていたんです」

すらすらと事情を語る男性に、壱花はみるみるうちに顔が熱く火照《ほて》っていく。

確かに以前荷物を落としてしまったときは、お見合い写真やら何やらの方に意識が集中して、他の落下物まで細かく確認していなかった。

しかしながら、実家を出て四年。写真撮影を始めて四年。

自身で撮った写真を他人《ひと》さまの目に触れさせることなど一度もなかった壱花にとっては、思いも寄らない晒《さら》し上げだ。

「し、素人が撮った写真ですっ！　ただの自己満足といいますか趣味といいますか、腕も構図も何もあったものではないのでそのっ」

「……ちょっと見せなさいっ！」

好奇心に弾《はじ》けるような、少女の言葉だった。

男の手から写真をひったくった少女の顔が、みるみるうちに歓喜の色に染まっていく。

「これよこれ！　わたしが求めていた写真は、まさにこんな写真だわ、館主さん！」

「とても美しい風景写真でしょう。初めて目にしたとき、私もこんなに素晴らしい写真を撮れる方がいたとはと驚きました」

「あ、いいえ、私はただの凡人で」

「ねえ。あなた、名前は？」

「へっ」

「『へ』？　それがあなたの名前なの？」

面倒くさそうに顔をしかめる美少女に、壱花は慌てて口を開いた。

「な、仲里壱花と申します」

「仲里壱花。壱花。壱花ね」

「お客さま。年上の方には『さん』をお付けください」

「いいじゃないの。この人もこの編纂館のスタッフなんでしょう？　この人、どこからどう見ても人間だけど、やってきたときに館主さんからの例の忠告がなかったものね？」

壱花の返答を待たないいまま、少女はカウンター前の椅子から床へと飛び降りた。くるりと振り返り見せるのは、至極ご満悦といわんばかりの笑顔だった。

「依頼する本に用いる写真は、この壱花というスタッフに撮影をお願いするわ。撮影の日時は可能な限りそちらに合わせるから、連絡を頂戴《ちょうだい》」

「承知しました」

「え、え、え。あのっ」

「それじゃあわたしはこれで。二月の都心部はそれだけで汗にまみれてしまいそうだもの」

そう言うと、少女は手にしていた写真を壱花に突き出した。慌てて受け取った瞬間、微《かす》かに少女の指先に壱花のそれが触れる。

彼女の真っ白な指先は、まるで氷のように冷たかった。

「壱花。あなたが撮ってくれる写真、楽しみにしているわ」

「あ……」

少女のまとう白いワンピースが、ふわりと空気を含んで膨らみ、はらはらと辺りに舞い散っていく。

これは、雪だ。比喩《ひゆ》ではない。

白く美しい雪を辺りにちらちらと舞い散らせ、少女は忽然《こつぜん》と姿を消した。

同時に、壱花はその場にへたり込んだまま、しばらく呆然《ぼうぜん》と固まっていた。

それから十数分後。

どうにか硬直状態から抜け出した壱花は、先ほど館主と呼ばれた彼の促しのもと、中央のソファー席まで移動した。

「どうぞ。カモミールティーです。ざわついた心がほっと落ち着きますよ」

「あ、あの」

「はい」

「先ほどの女の子は……夢、じゃ、ありませんよね……？」

差し出されたカモミールティーの芳香を感じながら、壱花は途切れ途切れに男性に尋ねる。

思考がゆっくり動きはじめた壱花は、先刻目にした光景を何度も脳内でリフレインしていた。美少女が嬉《うれ》しそうな微笑みを浮かべたかと思うと、突如現れた粉雪にまみれて消えていく姿だ。

壱花は幾度となく、自身の爪を指の腹にぎゅっと押し込んでいる。痛い。やっぱり、夢ではない。

「大丈夫です。夢でも幻でもありませんよ。彼女は、伝承で俗に言う『雪ん子』のお嬢さんです」

「……ユキンコ」

オウムのように繰り返した壱花は、何とか意味を咀嚼《そしゃく》しようと試みる。それでも、衝撃で固まった思考はなかなかうまく稼働してくれなかった。

「ユキンコ……雪ん子ってつまり……あやかし？　妖怪《ようかい》？　ですよね？」

「ええ。雪女がまだ幼女の時の姿をそう呼ぶようですね。彼女は今ごろ、故郷の雪山に帰っているはずですのでご心配なく」

「そう、ですか。それなら、よかったのかな……」

いまだ凍り付く思考の一方で、彼女の無事は間違いないことを知りほっと胸を撫《な》で下ろす。

「ええっと、それでですね。先ほど雪ん子さんが、どうやら私のことを誤解されていたようで」

「そうですね。ですが、それは些末《さまつ》なことです。要は、仲里さまが写真撮影をお引き受けくださりさえすれば、あの少女は満足なのですから」

「………………」

あれ。何だろう。この大きな違和感は。

「ですが私、写真撮影なんて頼まれるような立場ではありません。個人でごくごくたまにカメラを持って出掛けているというだけの一般人で。誰に習ったわけでもありませんし、何かの賞を取ったわけでもありません」

「少なくとも、雪ん子の彼女はあなたの写真に惚《ほ》れ込んで、ぜひにと申し出てくださいました。先に私が用意した数多《あまた》の写真家の写真を差し置いて、です」

柔らかな笑顔から紡がれる丁寧語の説明。しかし、それにしては内容と語られる勢いに妙な齟齬《そご》と圧が生じている気がする。母との会話でもないのに可笑《おか》しいな。

「と、とにかく。私は写真撮影のお手伝いだなんて大それたことはできません。何もお役に立てず、かえって皆さんのご迷惑になります。雪ん子の彼女には申し訳ありませんが、別の方を探していただいて……！」

「残念ながら、あなたに断るという選択肢はありません。この街一帯を氷漬けにされても構わないというのなら別ですが」

目を剝《む》いた壱花の視界に、にこりと微笑みこちらを見下ろす館主の姿が映る。

「先ほどの雪ん子の彼女は、幼女の外見でもその実凄《すさ》まじい妖力を内に秘めています。それでいて、一度交わした約束を反故《ほご》にされて黙って故郷に帰るほどの大人でもない。そういうことです」

「……え、ええ……？」

つまり、一度承諾した（と一方的に思われている）約束を反故にしたら最後、雪ん子の妖力によってこの街が甚大な被害を受ける、ということか。

あれ。もしかして私、脅されてる？

「大丈夫ですよ。要はあなたが新幹線に乗って小旅行をしつつ、彼女が希望する写真を撮影してくだされば、何も問題はありません。幸い、あなたは写真撮影に自信はなくても嫌いではない。そうでなければ、わざわざ撮影アルバムを持ち歩いたりはしないでしょうから」

図星だった。

自立という名目を得て実家を飛び出した壱花が、いの一番に購入を決めたのがカメラだ。

美しいものを密《ひそ》かにカメラに収め、平和に穏やかに日々を過ごしていく。それが今の壱花の、ささやかながらも大切な幸せの種だった。

「先ほどの彼女は、おばあさまへのお見舞いの品として、手製本制作を依頼に来たんです」

まるで物語を語り聞かせるような、柔らかな口調が戻る。

「あの子のおばあさまの作る雪は、ただの雪ではありません。何百年とその地に雪を積もらせる強い妖力が込められた、特別な雪です。その雪の細部まで写真に残せる人間は、滅多にいない――」

「えっ」

「私からも、どうぞお願いします」

気づけば目の前の長身は低く屈《かが》められ、壱花の足元で深く頭《こうべ》を垂れていた。

片膝《かたひざ》を床に突き、左手は胸の前に軽く添えられている。まるで女王に忠誠を誓う中世の騎士のようだ。

「あの雪ん子の彼女のためにも、どうかあなたの力を貸してください」

「あ、あのっ」

「もちろん、あなたに極力負担はかけません。新幹線代も宿代もその他撮影に必要な諸々《もろもろ》の経費も、こちらに請求していただいて結構ですし、撮影には私も同行します」

話がいよいよ現実的になりはじめ、壱花は焦る。しかしながら今聞いた話で、断る理由がほぼ、いや、まったくなくなっていることにも気づいていた。

写真を撮ること自体は嫌いではないこと。自分がここで断れば街がどうなるかわからないらしいこと。

「わ……、わかりました！」

それに何より、星の数ほどある素敵な写真の中で、自分の撮った写真に白羽の矢が立った事実が、壱花の胸を熱いもので満たしていく。

「私でよければ……今回の写真撮影、お引き受けします。その、ご期待に添えない可能性もありますが……！」

膝《ひざ》の上でぎゅっと拳《こぶし》を握る。

それでもなかなか抑えきれない小刻みな震えの正体は、恐怖か不安か緊張か。それとも、歓喜だろうか。

「おお！　ほんとに!?　やったあ！」

「へ」

弾むような声が、唐突に館内に響き渡った。

驚く壱花を余所《よそ》に、慇懃《いんぎん》に頭を垂れていた男性は、勢いよく両腕を頭上に伸ばす。

改めてこちらを見下ろす瞳《ひとみ》は、子どものようにきらきらと輝いていた。

「それじゃあさっそく、連絡先を交換しておこうか。撮影日はいつがいいかな。俺はいつでも都合がつくとして、壱花ちゃんの勤務日は平日でオッケー？　土日祝で月齢に差し障りない日取りだと、来週の土日のどちらかなんてどうかな。泊まりがけなら土曜がいいかもね」

「………………」

『俺』。『壱花ちゃん』。え。誰ですかこの人。

毛先に少し癖がある明るい茶髪に、白く美しい肌、しわひとつない品のある燕尾服《えんびふく》姿は、間違いなく月無手製本編纂《へんさん》館の館主の男性。

しかしながら、先ほどまでとはまるで違う人格のご登場に、壱花は目を白黒させていた。つい先ほどまで紳士然としていた態度を消した男性は、妙に軽い調子で指折り予定を整理していく。

「あ、でも男と二人で泊まりがけなんて知られたら、君のお母さんがめちゃくちゃに怒りかねないかー。それじゃ、スケジュール的に少々強引だけど、早朝の新幹線席を確保して日帰りで……」

「あ、あ、あの。どうして、私の母のこと……？」

「あっはは。だって前に壱花ちゃん、ここでお見合い写真をばらまいてたでしょ？」

にっこり言い渡されたのは、一ヶ月前の黒歴史だった。

「娘の結婚相手を、レポートを作ってまで熱心に考えているお母さんだもんなあ。あ、待っててね。今、新幹線の空席状況を確認するから」

「……っっ」

ああ。やっぱり見られていた。

複数の見合い写真だけではない。それに添えられたルーズリーフと、書き留められた見合い相手への失礼極まりない採点結果もだ。

唯一の救いは、あのルーズリーフの文言を書いたのが壱花の母で、壱花ではないと判断してくれている点だろうか。

それにしても、ルーズリーフを拾い集めたときの男性には、内容を不躾《ぶしつけ》に熟読するような素振りはなかったはずだ。

ならば何故、内容はもとより、あれを書いたのが壱花の母だとわかったのだろう。

「どうせなら、風景のいいほうの席を取ろうか。せっかくの遠出なんだから、移動中も楽しまないとねえ」

「………」

「なるべく壱花ちゃんの負担のないようにスケジュールを考えるよ。あ、ご飯は新幹線内で済ませるってことでいいかな?」

「……はい。よろしくお願いします」

気になることはあったが、まあいいか、と脇に置くことにする。

軽快なテンポで話を進める男性に、うまく乗せられている。それに気づいていながらも、壱花はその流れにあえて乗せられることを選んだ。

ずっとずっと、母が満足するであろう平凡で無難な人生のレールを歩いてきたのだ。たまにはそのレールを外れてみるのも悪くない。

そして万が一その先に、自らが撮った写真の存在を望んでくれる人がいるならば。一生胸に抱いていたいと思うほど、この上ない幸せだ。

「ええっ、お兄さん、今から東北に旅行？　いいなあー私も付いていきたいー。なんちゃってー」

「だあめだって。あんたねえ、こんなイケメンが一人で旅行なんて行くわけないじゃん。カノジョとだよ、カ・ノ・ジョ！」

「ははは、彼女とってわけじゃないんだけどねえ。一人旅だったら、君たちにもうっかり付いてきてほしかったんだけどなあ」

「きゃー！　冗談でも割と嬉《うれ》しいんですけどー！」

「冗談じゃないよ？　今からでも一緒に行く予定の子に、キャンセルの連絡しちゃおうっかなあ」

「もー！　お兄さんってば調子良すぎ！　ついでに顔も良すぎー！　きゃはは っ」

「…………」

指定された時刻、指定された場所。

メッセージで送られてきた都内駅の一角で、三名の男女がきゃいきゃいと賑《にぎ》やかに語らっていた。

早朝にもかかわらずヘアメイクを美しく整えた美女二人に挟まれているのは、見覚えのある茶髪イケメンだ。

電光掲示板を見上げる。送られてきた新幹線の時刻まであと十五分ほどか。

降車する駅名は知っているし、雪ん子の少女と落ち合う場所も把握している。新幹線のチケットも事前に購入済みだ。

慣れない駅構内を見回し、ひとまず駅弁を購入しようと歩きはじめた壱花の耳に、

「あー！」と陽キャ全開の声が届けられた。

「壱花ちゃーん！　こっちこっちー！」

「げっ」

思わず声に出ていた嫌悪の声は、笑顔で駆けてくるイケメンには聞こえなかったようだ。

「おはよ、壱花ちゃん。いやー今日は天気にも恵まれて、最高の撮影日和だねえ」

「おはようございます。あの女性たちと小旅行に出掛けられるなら、私は一人で新幹線に乗りますよ」

「あはは。あの子たちには、ちょっと世間話に付き合ってもらっただけだよー」

館主はくるりと先ほどの女性らを振り返ると、爽《さわ》やかな笑みを浮かべてひらひらと手を振る。

そんな館主に美女二人も可愛らしく笑みを返すが、館主がこちらに向き直ると、途端に隣に立つ壱花への値踏みの表情に変わった。同性の反感ほど恐ろしいものはない。

ちなみに本日の壱花の恰好《かっこう》は、向かう場所での動きやすさを考慮した、無地のカットソーに裏起毛のカーゴパンツ、それらをほぼすっぽり覆い隠してしまうほどのもこもこのダッフルコート。背中には、機能性を重視した山登り用のリュックサックだ。

「何だか新鮮だなあ。壱花ちゃんは、カジュアルな服も似合うんだね」

「……どうも。館主さんも、今日は編纂館の時と随分印象が違いますね」

編纂館で目にしてきた燕尾服《えんびふく》姿とは異なり、今の彼は程よくラフな雰囲気をまとっていた。

きれいめデザインのスウェットパーカーにシンプルなコート、そして濃紺のジーンズ。すらりと長い足ひとつとっても、雑誌取材班が声を掛けてきそうなスタイルの良さだ。

夜もとっぷり更けた編纂館内とは異なり、早朝の駅構内というシチュエーションも、印象の転換に一役買っているように思う。

「『館主さん』」

「え」

「『館主さん』って呼び方、そろそろ変えてほしいんだけどなあ。俺の名前は、前にもちゃんと教えたでしょ？」

「……はい。月無さん」

「恭介《きょうすけ》でいいってば」

「出逢《であ》って間もない人を呼び捨てにするのは、抵抗があります」

「それじゃ、恭介くん？」

「……では、恭介さんで」

お互いのフルネームを教え合ったのは、今回の写真撮影旅行が決まったときのことだった。

月無恭介。

まるで満月を背負ったような印象の彼にぴったりの、素敵な名前だ。

「俺も君のことは『壱花ちゃん』って呼ぶね。可愛い名前だよね、壱花ちゃん」

「ありがとうございます。出発前に、少し買い出しをしていってもいいですか」

「そうだね。それじゃ、向こうの売店に寄っていこっか」

「え」

声を弾ませた恭介は、人懐こい笑顔のまま壱花のリュックを自らの肩にかけた。突然軽くなった両肩に、一瞬ぐらりと身体のバランスが崩れる。

「うわ。荷物、結構重いね。これ、壱花ちゃんずっと抱えてきたの？」

「だ、大丈夫です。いつも撮影のときには一人で持って回っていますし、恭介さんもご自分の荷物がっ」

「落としたりぶつけたりしないから安心して。今日は壱花ちゃんのご厚意に完全に甘えさせてもらうわけだからさ。同行者として、これくらいは役に立たせてよ」

そう言われると、これ以上は食い下がれない。

実際肩に食い込むようになっていた荷物が消え、ほっと安堵《あんど》の息が漏れていた。特段辛《つら》そうに見えない恭介の様子に、壱花は素直に頭を下げる。

「ありがとうございます。忘れ物がないようにとあれこれ詰め込んできてしまったので、助かります」

「どういたしまして。それじゃ、さっそく買い出しに行こうか。俺、あそこのフルーツサンドが食べたいなあ」

「私は、駅弁と温かい緑茶で」

新幹線の時刻を今一度確認し、ばたばたと駅構内の売店へ向かう。

こんなふうに母以外の誰かと遠出をすることも、思えば壱花にとって随分と久しぶりのことだった。


「月無手製本編纂館《へんさん》は、新月の夜にのみ開館する。その日以外は通常人の目には映らない、ちょっとオカルトチックな建物なんだ」

新幹線の席で無事に食事を進めるなか、恭介は語りはじめた。

「だから、誰かが偶然ウチを見つけてくれたとしても、次に訪れることができるかはわからない。新月の夜のみ開館するという話は、こちらも必要と判断した方にしかお伝えしていないからね」

たとえば、手製本制作の依頼をした客人、制作した手製本についての問い合わせを受けた客人には、新月の夜の来訪予約を入れるのが通常なのだという。

「それじゃあ、私が二度目の訪問ができたのは、奇跡に近いことだったんですね」

「そう言ってもらえると俺も嬉しいな。とはいえ、その『奇跡』が祟《たた》って、壱花ちゃんはこうして東北まで連れ出されているわけだけどね？」

「それは、確かに」

壱花が神妙に頷《うなず》くと、恭介はくすくすと愉《たの》しげに笑みを零《こぼ》した。

恭介の話は、一見荒唐無稽《こうとうむけい》な作り話と思えるものばかりだ。外見も話し方も愛想の良い美男子ではあるが、穿《うが》って見れば軽薄ともとれる。

しかしながら彼の語り口調には、そんな不可思議な事象も自然と「そういうもの」と受け容《い》れてしまう妙な力があった。

壱花の場合、雪ん子の少女が消え行く姿を実際目にしてしまったから、という理由もあるのだが。

「壱花ちゃんが今回の写真撮影を承諾してくれるかは、正直賭《か》けだったんだ。受けてもらえてよかったよ」

「街の命運は君に託された、みたいな話をされたら、誰だって簡単には断れませんよ」

「それはそうだけど。壱花ちゃんはきっと、妖怪《ようかい》とかあやかしの類《たぐ》いは得意じゃないんでしょ？」

「えっ」

にこにこ笑顔で受けた指摘に、壱花はどきりと肩を揺らす。

「君が初めて来館してくれたとき。見開きいっぱいの赤鬼の絵を目にしたときの表情は、驚きというよりも、強い恐怖を感じていたようだったから」

「……お客さんのことを、よく見ていらっしゃるんですね」

実際壱花は、幼いころから妖怪やあやかしという存在が苦手だった。その怖がりようは、からかおうとする男子たちが最終的に困惑し、軽く引いてしまうほどだったと記憶している。

「大人になった今では、ある程度の恐怖心は理性でどうにか制御できます。それでも、ふとした拍子に妖怪特有の妖《あや》しい絵柄を目にすると、反射的に身がすくんでしまうんです。この歳で情けない限りなんですが」

「そんなことないよ。苦手なものって、誰にでもあるよね」

「そういう恭介さんは、何でもそつなくこなしてしまいそうですけど」

「俺なんてできないことばっかだよ。そんなだから、実家じゃよく駄目息子だって叱られてばかりだったたし、優等生の兄貴ともしょっちゅう比べられたりしてねー」

屈託なく話す恭介に、壱花は小さく苦笑を漏らす。

先ほどの女性たちとの交流を見ても、彼は昔から愛嬌《あいきょう》のある美少年として評判だったに違いない。多少羽目を外した交友関係があったとしても、ご両親から存分に愛情を注がれて育ったのだろう。

「きっと編纂館のお客さんの中には、恭介さんに会うこと目当てでいらっしゃる方も大勢いるんでしょうね」

「若いころはそういうこともあったけど、今は極力そういう可能性の芽は摘むようにしてるよ。初見のお客さんの前では、無駄に愛嬌を振りまかずに適度な距離感を取っているのも、それが理由」

「なるほど」

彼の二重人格を疑うほどのキャラ転換は、それが理由だったのか。

確かにここまで明確に高い顔面偏差値ならば、当然図るべきリスクヘッジなのかもしれない。イケメンさんも色々と大変だ。

「つまり、私にはもう、そういう可能性を心配する必要はないと判断されたわけですか？」

「そうだね。壱花ちゃんはもう、編纂館側の人ってことで」

「いやいや、勝手に編纂館側の人認定されても困るんですが……！」

「あっはは。それに壱花ちゃん、俺みたいな人間は好みじゃあないでしょ？」

もぐもぐとフルーツサンドを頬張る恭介が、あっけらかんとそう告げる。

「可愛い子に好意を持たれるのは単純に嬉《うれ》しいし、猫かぶり自体もそんなに負担ってわけじゃないけどね。それでも、素の自分を見せることができる相手は、一人でも多い方がいいじゃない？　じゃないと、自分がいったいどんな人間だかわからなくなるから」

「………」

自分がいったい、どんな人間なのか。

何気なく紡がれた恭介の言葉が、壱花の胸に静かに溶けていく。

新幹線は高層ビルの立ち並ぶ都心部を抜け、周囲を遠くまで見渡せる郊外の街並みへと入っていった。


新幹線を降りたあと、駅前でタクシーに乗り込み、揺られること一時間弱。

運転手に何度もここでいいのか問われ、ようやくタクシーを見送った二人は目の前の風景に視線を馳《は》せた。

「これは、雪ん子の彼女が写真にこだわった理由がよくわかるねえ」

「綺麗《きれい》……」

足を下ろしたその場所は、美しい雪がすべてを包み込んでいた。

誰一人として踏み入ることを許さないような白の世界。雪原の向こうに僅《わず》かに見える木々も雪に覆われ、幹部分のみが微《かす》かに茶色く色づいている。雪原の眩《まばゆ》さが反射したかのように、空の水色さえも淡く薄白んでいた。

タクシーの運転手がここに乗客を降ろすのを躊躇《ちゅうちょ》したのもよくわかる。何せここには人の気配などつゆほどもないのだから。

「来たのね」

素晴らしい雪景色に目を奪われていると、不意に鈴の音のような美しい声が耳を掠《かす》めた。

驚き瞬《まばた》きをした直後、眼前に一人の少女がふわりと降り立つ。

「壱花。あなた運がいいわ。今日はお天道さまも私たちを一等美しく照らし出してくださる、とても素晴らしいお天気よ。今日の撮影を逃す手はないわ！」

「っ、あ……！」

やっぱり、夢でも妄想でもなかった。

壱花の胸元ほどの背丈の、美しい少女。

空気を含むように揺蕩《たゆた》う銀色の長い髪に、白く艶《つや》やかな肌。視線だけでこちらを魅了する、くりっとまん丸の瞳《ひとみ》。今日は初対面のときのワンピース姿ではなく、白い着物を身にまとっている。

編纂館で壱花に写真撮影を依頼した、雪ん子の少女その人だった。

「のんびりしていられないわ。ここは祖母《ばあ》さまの領域でいうとまだほんの端の方なの。本当にあなたに撮ってもらいたい場所は、もう少し山の奥にある。さ、行くわよ！」

「は、はい。承知しました。あの、ゆ、雪乃《ゆきの》さん！」

初めて口にしたその名は、前もって恭介から聞いていた少女の名だった。

駆け出そうとする足を止め、こちらを見上げてくる。ああ、なんて素敵な子だろう。

この子は誰かを喜ばせるために、こんなにも瞳を輝かせることができるのだ。

「雪乃さんの想いに応《こた》えられるよう、一生懸命頑張ります。今日は、どうぞよろしくお願いいたします……！」

雪乃が案内した先は、雪道をひたすらに進んで一時間弱の場所だった。

最初こそしっかりと雪道を踏みしめながら少女の後に続いていた壱花だが、次第に息は弾み、足取りは重くなり、最終的には疲労で背筋を伸ばすことも難しくなっていた。

「さあ、ここよ！　今回はここで、この素敵な風景と私の写真を撮ってほしいの！」

「了解了解。それはそうと……壱花ちゃん。とりあえず、平気？」

「っ……だ、いじょぶ、で……っ」

壱花とて、冬の山奥を甘く見ていたわけではない。それでも、今上ってきた道のりは壱花にとって相当に過酷だった。両膝《りょうひざ》に手を突き、擦り切れるような息を何度も繰り返す。

吸い込んだ空気がきんと冷たくて、肺の奥まで流れてくるのがはっきりとわかった。

「落ち着いてきた？　温かいお茶、飲む？」

「有難く、いただきます……」

筒を取り出す。
壱花とは対照的にまだまだ余裕がありそうな恭介が、笑顔で自身のリュックから水筒を取り出す。

カップに注がれるお茶からは、真っ白な湯気がぶわりと勢いよく立ち上がった。深みのある茶葉の香りに、胸がじわじわと満たされていく。

「美味《お い》しい……ありがとうございます、恭介さん」

「どういたしまして。むしろよくこんな長い雪道を黙々と歩き続けられたよ。根性あるねえ、壱花ちゃん」

「はは。確かに、根性だけは人一倍あるかもしれません」

日常的に抑圧される幼少時代を経て手に入れることになった、数少ない特性のひとつ。まさかこんな場面で役立つとは思わなかった。

残りのお茶をぐいっと呷《あお》り、体内に残った息を吐き出す。改めて眼前に広がる美しい白銀の世界に、壱花は目を見張った。

先ほどの雪原よりも、さらに白銀の純度が際立つ景色。

凜と澄んだ空気の先に広がるのは、一面真っ白に埋め尽くされた高原だ。

頭上には力強い青色の空。視線を下ろすにつれて徐々に雪と混ざるように白んでいき、遠くの地平線で雪原と溶け合っている。

周りを囲む深い森も、空と雪原から陽の光を浴びた黒い影となって、闖入者《ちんにゅう》たちを静かに見守っていた。

　感嘆の息が、白く広がり溶けていく。

「それじゃあ、さっそく撮影に取りかかりましょ！　壱花！　あなたの撮影の腕の見せ所よ！　しっかり頼むわね！」

「はい。承知しました……！」

　きらきらと瞳を輝かせる雪乃に促され、壱花はあたふたとリュックから撮影機材を取り出した。

　とはいえ、素人の壱花が持ち込んだ機材はそう多くはない。

　手のひらに収まる大きさのデジタルカメラと、着脱可能な一眼レフのレンズ一式、伸縮式の三脚くらいだ。カメラは予備のバッテリーもしっかり持ってきたので、一日撮り続けても問題ない。

「準備、整いました。では最初に、雪乃さんが思い描く写真のイメージを、もう少し詳しく教えてもらってもいいですか？」

「まずは、何と言ってもこの美しい雪原ね！　この雪原の美しさを、存分に味わえるような写真を撮ってほしいの！　それと、わたしの姿もね！　何せ祖母さまの口癖は、『雪乃と会うことが一番の滋養になる』だから！」

　今回制作する手製本は、雪乃が祖母へ贈るお見舞いの品なのだと聞いている。

だからこそ雪乃は、こんなにも手製本に用いる写真の出来にこだわっているのだ。

大切な人の、温かな心の栄養になるように。

「よくわかりました。雪乃さんのおばあさまは、どんな方なんですか？」

ごく自然に、カメラを構える。

嬉《うれ》しそうに破顔する雪乃と散歩をするように、壱花も雪原に足跡を付けていく。

「祖母さまはすごい人なの。この東北の地に、何百年もの間雪を降らせ続けているわ。この辺りの雪は他の地のそれに比べて色も澄んで、結晶のひとつひとつが美しいの。それ故ここに足を踏み入った人間は、皆一様にこの雪景色に心奪われる。それでも彼らは、ここの真の美しさを理解できていないわ。なにせわたしにはこの雪原が、宝石の花畑のように見えるのだから！」

「宝石の、花畑……素敵ですね……！」

「特に現代のあやかしは、人間の心に存在を残さねば生きていくことは難しいからね。悔しいし、歯痒《はがゆ》いものだけれど、それが時代のさだめなのだと祖母さまはよく言っているわ」

「人間の心に、存在を残す……」

思いがけない言葉を復唱する壱花に、雪乃は呆《あき》れたようにため息をついた。

「あなただって、あの編纂《へんさん》館の一員なんでしょう。そんなことも知らずに、のこのこここまで付いてきたの？」

「えっと、は、はい。不勉強ですみません」

「まあいいわ。人間もあやかしも、いつ命が尽きるともしれない存在。ただそれだけよね」

雪原を軽く踏み切った雪乃は、細かな光の粒とともに大きく跳躍した。白い着物の裾《すそ》が美しい弧を描き、再び雪原に着地する。

その横顔は、少女とは思えないほどに気高く、美しかった。

「訳もわからない存在に命運を握られていることは、誰も皆変わらない。それならわたしはこの命を、己の気の赴くまま、したいことをやり通すことだけに使おうって決めたの。たとえ一瞬後にこの命が尽きようとも、決して悔いを残すことのないように！」

気づけば壱花の指が、カメラのシャッターを切っていた。

この一瞬を、かけがえのない一瞬を、決して取り零《こぼ》すことのないように。

「……壱花。撮るのなら、先に一言そう言いなさいよ」

「すみません！　でも、すごく綺麗《きれい》で……！」

少し照れくさそうに苦言を呈す雪乃に、壱花ははっきりと答えた。

「おばあさまがこの地を包んだ雪と同じくらいに、雪乃さんの覚悟はとても綺麗で、眩《まぶ》しいです」

「ふん。壱花の目には、この雪の本当の美しさなんて半分も映っていないでしょうけどね」

「そうかもしれません。でも、この雪がどれだけ美しいのかは、見えていなくても感じています」

　この深い山奥で暮らす雪乃が、遠路はるばる都心の街へと出向いた。その身体を雪に変え、ときに仲間の棲《す》む雪山を伝って、ときに冷えきった空気の流れを見極めて。

　その事実ひとつをとっても、この雪景色をいかに大切に想っているのかが伝わってくる。

「おばあさまのお話を、もっと教えてください。私も、もっとお聞きしたいです」

「ふふ、いいわよ。わたしが祖母《ばあ》さまの記憶で最初に残っている出来事はねえ……」

　つんと澄ましていた横顔が、みるみるうちに少女らしい、無邪気な笑顔に変わっていく。

　美しい雪原の上を楽しげに駆け回る雪乃が、ころころと彩り豊かに笑う。その様子はまるで、白い地に咲き誇る、一輪の大きな花のようだ。

「……っ」

　なんて素晴らしい時間だろう。

一人暮らしを始めて、緊張に心臓を痛くしながら密《ひそ》かに購入したカメラ。母に罵倒《ばとう》される幻聴を聞きながら、幾度もそれを振り払い、一枚一枚シャッターを切ってきた。

それは、もしかしたら長年抑圧してきた母に対する反抗だったのかもしれないし、記憶にない父に対する恋しさだったのかもしれない。

それでも今、壱花は胸が熱く、燃えるような心地に包まれている。誰かのかけがえのない一瞬を、自らが構えるカメラに大切に収めている。

この世には、こんなに素敵な時間があったのか。

気づけば壱花は、雪乃の話に耳を傾けながらシャッターを切り続けていた。

そしてそんな二人の様子を、編纂館館主は愛《いと》おしげに見守っている。

「ふう。なんとか、帰りの新幹線の時間に間に合ったねえ」

「はい……よ、よかったです……」

「壱花ちゃん、本当にお疲れさま。お茶、飲む？」

「ぜひ、いただきます……」

体力の限界に近づいていた壱花は、恭介の温かなお茶を素直に受け取った。

新幹線の心地の良い揺れのなかで、ふわりと柔らかな湯気が壱花の視界を微《かす》かに覆う。

「すっかり夜になっちゃったねえ。空気が澄んで、星も綺麗だ」

「はい……綺麗です」

「ありがとうね。壱花ちゃん」

「……ふえ？」

「君が撮ってくれた写真は、どれも本当に素敵なものばかりだったよ」

雪山での写真撮影は、夕暮れが空を彩りはじめるころまで続いた。恭介がそろそろ時間だと声を掛けるまでの間、壱花は雪乃とともにひたすらに雪原を駆け回っていた。

「帰りの山道を下っている間、雪乃ちゃんが君のカメラを確認していたんだ。絶賛していたよ。君を選んだ自分の目に狂いはなかったって、ほっぺたを真っ赤にして喜んでた」

「そうでしたか……よかったです。ご迷惑に、ならなくて……」

疲労困憊《こんぱい》だった壱花は、帰りのタクシーに乗るまでの山道のことをよく覚えていない。それでも、雪乃が喜んでくれていたのならば何よりだ。

「でも、あんなに寒い中をずっと駆け回って、壱花ちゃんも大変だったでしょう。身体、冷えてない？」

「あ、はい、それは」

大丈夫です。そう答えようとした瞬間、壱花の身体にぶるりと大きな震えがこみ上げる。

「……っ、さ、寒い……あれ、急にどうして……」

「あれだけ長いこと雪乃ちゃんの近くにいたからね。知らず知らずのうちに、彼女から発せられる妖気《ようき》を浴び続けていたんだ。俺もできる限り防いでいたんだけど、やっぱり足りていなかったな」

「妖気を……？　あっ」

気づけば恭介のコートが、壱花の身体をすっぽりと包み込んでいた。内側に残る温《ぬく》もりが、じわりと壱花の身体に沁《し》みてくる。

「壱花ちゃん、まだ、寒い？」

「はい……でも、だいぶ楽になりました。恭介さんが、コートを貸してくださった、から……」

本心と少しの強がりを込め、へにゃりと腑《ふ》抜《ぬ》けた笑みを浮かべる。

ああ寒い。でも本当に大丈夫なのだ。だって、心はこんなにも満たされている。

「壱花ちゃん、壱花ちゃん？　聞こえてる？　指先、氷みたいだな……クソッ」

遠のいていく意識のなかで、どこか急《せ》いた口調の恭介の声が聞こえる。

「壱花ちゃん。背中、少しだけ触れるね。――……《温《オン》》」

小さな囁《ささや》き声とともに、コート越しの背中に何かが滑るように触れた。まるで背中に文字を記されているかのような、少しくすぐったい感触だ。

すると次の瞬間、背中にじわりと優しい温もりが広がっていくことに気づく。

「これで大丈夫。もう少しで温まるからね」

「……は、い……」

春の陽光を浴びているような心地に包まれ、壱花はふっと表情を和らげる。

「私、この温もり……好き、です……」

「…………」

夢うつつの中でぽつりと呟《つぶや》いた言葉に、誰かが小さく微笑んだような気がした。

そして待ち焦がれた、翌月の新月。

前日から猛スピードで業務を捌《さば》いていた壱花は、珍しく定時きっかりに会社を飛び出した。

今宵も編纂《へんさん》館の姿がしっかりと視認でき、ますます胸の鼓動が逸《はや》っていく。

すーっと息を整えて館に踏み入った壱花を待ち受けていたのは、美少女の熱い抱擁だった。

「壱花！　壱花！　遅い！　待ちくたびれちゃったわよ！」

「雪乃さん、お久しぶりです……！」

壱花に勢いよく抱きついた雪乃は、満面の笑みでこちらを見上げている。

そんな様子に壱花も自然と顔を綻《ほころ》ばせながら、広間奥のカウンターに佇《たたず》む館主へ視線を移した。

遠征したときとは異なる、燕尾服《えんびふく》を今夜もさらりと着こなした恭介が、紳士然と微笑む。

「こんばんは、壱花ちゃん。雪乃ちゃんには一足先に、『完成品』の中身を確認してもらったよ」

「そうでしたか。それじゃあ、ちゃんと無事に」

「ええ、ええ！　とびっきり素敵な一冊ができあがっているわ！　壱花もほら、早く見て見て！」

興奮冷めやらぬ様子で、雪乃が壱花の背中をぐいぐいと押していく。

辿《たど》りついたカウンター席。そこに佇む一冊の本に、壱花ははっと息を吞《の》んだ。

水色と白色のグラデーションが美しい表紙の本だった。

グラデーションは薄い和紙を幾度かに分けて重ねたものらしく、繊細な色彩が先日の雪原を想起させる。

背表紙はしっかりと溝の入った別素材の厚紙で仕上げられ、本のタイトルは、青色のインクで記された美しいデザインの字体だった。

「なんて、素敵な本……」

「はは。まだ中を見てないよ、壱花ちゃん」

「そうよそうよ！　外側を見ただけで満足されてちゃ困るわ！」

くすりと笑みを零《こぼ》すカウンター越しの恭介に、傍らから覗《のぞ》き込む雪乃が同調する。

自分が触れてもいいのか何度も確認したあと、壱花は逸る鼓動を抑えそっと本の表紙を開いた。

「……っ、わ……！」

一ページ目で出迎えたのは、透ける紙でできた雪の結晶の絵だった。トレーシングペーパーと呼ばれるものかもしれない。

子どものころに事典で見たことのある、美しい雪の結晶。しかしここに描かれたそれは、ひとつひとつの氷の繋《つな》がりがより繊細で魅惑的なものだった。雪の結晶が実際そこに舞い落ちたようで、解けてなくならないのが不思議なほどだ。

繊細な紙質で描かれた雪の結晶を、静かにめくる。

そこには、いまだ記憶に新しい、美しい光景が広がっていた。

見開きいっぱいに広がるページに、壱花は感動とは異なる意味で目を剝《む》く。

「なっ、きょ、恭介さんっ」

「どうしたの、壱花ちゃん」

「この写真……私があの山で撮影したものですよね？」

「もちろん。壱花ちゃんが撮ってくれた写真が、この手製本のメインになっているからね」

「メインって」

慌てた壱花は、続くページもパラパラと一気にめくりあげた。その言葉どおり、本として綴《つづ》られた十数ページには、壱花が撮影した写真が大きく扱われていた。

「でも、どうしてよりによって、この写真をっ」

「うん？　なにか問題でも？」

「だって！　どれもこれも、撮影に失敗した写真ばかりじゃありませんか……！」

思わず張り上げた声は、情けなく震えていた。

確認した写真のどれもこれも、完璧《かんぺき》な撮影とは言いがたい。

写真のあちこちに虹《にじ》のような妙な光が入り込んでおり、中には被写体の雪乃の顔を覆っているようなものまであった。

普段の撮影でもこういったミスは度々起こしてきた壱花だったが、確かあの日は数え切れないほどの写真を撮影したはずだ。それなのに、どうしてよりによってこんな失敗した写真が採用されているのだろう。

「失敗？　いったい何を言っているの壱花」

「雪乃さんっ、だって、この写真もこの写真も、変な光が映り込んで……！」

「うん。うん。壱花ちゃん落ち着いて。これは決して、失敗した写真なんかじゃないよ」

穏やかに宥《なだ》めると、恭介はある写真のページをカウンター席に開く。

「今の君なら、もうちゃんと見えるんじゃないかな。心を落ち着かせて。もう一度、この写真を見つめてみて」

「え……」

促されるまま壱花は深く息を吐き、今一度目の前の手製本に視線を落とした。

そしてしばらくすると、何か見え方が変わってきたことに気づく。

雪景色を邪魔する妙な虹色の光は、光瞬く雪の結晶に。

吹雪のような虹色の風は、雪原を駆け回る雪乃の着物を彩る飾り帯に。

雪原全体に淡く広がる虹色の光は、雪原を美しく彩る、茎まで真っ白な小花たちに変わっていった。

先ほどまでとは全く異なる美しい雪原の風景に、壱花はしばらく声が出ない。

「これが真実、あの雪原で広がっていた風景だよ」

静かに顔を上げると、恭介がにこりと笑みを向けていた。

「壱花ちゃん。君にはね、あやかしたちの世界を写真に収める力があるんだよ。そんな人間は滅多にいないから、俺も初めて君の写真を見たときは驚いたけれどね」

「あやかしたちの世界を写真に……私が……？」

「今まではきっと、あやかしへの強い恐怖心から気づかなかったんだろうね。でも今の君はもう、前までの君とは違うでしょ？」

恭介の視線に誘われ、壱花は隣に佇む雪ん子の少女へと視線を向ける。

大好きな祖母のために、遠路はるばるやってきた少女。

大好きな祖母の喜ぶ顔を思い浮かべて、納得のいく写真を探し求めてきた少女。

その一途な姿勢と真っ直ぐな瞳《ひとみ》は、人間かあやかしかという問題さえもひどく些末《さまつ》なものだと思わせた。

「壱花ってば、本当に祖母《ばあ》さまの雪原の真の美しさが見えていなかったのね。それならほら、改めてじっくり見て見て！　そして心の底から褒め称《たた》えるがいいわ！」

「ふふ。はい、ありがとうございます……！」

頬を紅潮させる雪乃に、壱花は笑顔で頷《うなず》く。

一ページ一ページ大切にめくっていく、手製本のなかの雪の世界。

そこには、ファインダー越しには見ることのできなかった幻想的な雪景色が広がっていた。

手製本に用いられた写真の下には、手書きと思われるペン字の文章がしたためられている。まるで雪解け水を思わせる清《さや》かな水色のインクを用いた、美しい筆跡だ。

「この文章の内容は、雪乃さんが考えられたんですか？」

「そうよ！　祖母さまへの想いは、やはりわたしが自らの言葉で伝えなければね！　何度も考え直した言葉を、館主さんに清書してもらったのよ」

「雪乃さんが考えた文章も、恭介さんがしたためた文字も、本当に素敵ですね」

誇らしげに胸を張る雪乃が、とても微笑ましい。

改めて視線を馳《は》せた文章は、雪乃から祖母への愛情に満ちあふれていた。その想いを代弁する文字にもまた、自然に読み手の胸に流れ込んでくるような不思議な魅力を感じる。

「実は、この編纂《へんさん》館に初めて訪れたときもそうでした。編纂館前に置かれた看板の文字。あれもきっと、恭介さんが書かれたんですよね？」

「うん。そうだよ。確かあそこに書いたのは」

「『世界で一冊だけの本、紡ぎませんか』。私、あの言葉に強く惹《ひ》かれて、気づけばこの編纂館に踏み入っていたんです」

語る壱花に、恭介はどこか虚を突かれた顔をする。

「私、文字に見惚《みと》れる経験は生まれて初めてです。こんなに素敵な文字で綴られた雪乃さんの気持ちですから、おばあさまもきっとお喜びになりますね」

「そうでしょう、そうでしょう。ここで紡がれる手製本は、そんじょそこらの手製本とは訳が違うのよ。なにせ、このわたしがわざわざこんな街中まで足を運ぶほどなんだから！」

壱花から手製本を受け取った雪乃は輝く笑みを浮かべたあと、その本をぎゅうっと胸に抱きしめた。

「館主さん、今回は本当にお世話になったわ。また何かあれば、どうぞよろしくね」

「ええ。この度は誠にありがとうございました」

「わたしの仲間にもここの評判は広めておくわ。新米だけど腕のいい写真家も加わったようだってね」

「写真家……？　って、あの。雪乃さん、違……！」

否定するよりも早く、少女は壱花たちの目の前から姿を消した。残された壱花は呆《あっ》気《け》にとられた顔で、恭介はどこか愉《たの》しげな顔で互いを見遣《みや》る。

「どうしましょう……雪乃さんに、私はただの一般客だということを伝えそびれてしまいました」

「まあ、いいんじゃないかな。壱花ちゃんが今回の仕事で大きな力になってくれたのは事実だし、これで立派に外堀も埋められたっていうことで」

「は？　外堀って……、あ」

気になる単語に眉《まゆ》を寄せた瞬間、ポケットで振動するスマホの感触に気づいた。意を決してスマホを取り出すと、予想どおりの人物名の表示に壱花は表情を曇らせる。

「はい。すみません。ちょっと外に出てもいいですか。テレビ電話がかかってきてい

て」

「壱花ちゃん。もしかして電話？」

「どうぞどうぞ」

軽い調子で答える恭介に会釈をして、壱花は足早に扉の外へと向かった。

扉を背で押すように閉じたあと、スマホ画面に表示された母の名前にため息が漏れ

る。

こちらの様子も尋ねずにテレビ電話は寄越さないでほしいと、いつもやんわり伝え

ているのに。

「……もしもし。お母さん？」

『ああ！　ようやく出た！　もう、出れるなら早く出なさいよ。何かあったのかと心

配したじゃない！』

『心配』。昔から自身の欲求を通すときに用いられる、母の常套句《じょうとうく》だ。

「突然テレビ電話をかけられても、すぐに反応なんてできないってば。私、まだ家に帰ってもいないんだよ？」

『はー、あんたってば、まーた仕事を押しつけられて残業してるの？　そう仕事ばかりだと、男からも可愛げがないって煙たがられるわよ？　だから前に送った見合い写真のどなたかにお会いしたらよかったのに』

「……はは。そうかもね」

雪乃の手製本できらきらと輝いていたはずの胸の中が、徐々に重い靄《もや》に覆われていく。

画面の向こうの母は煎餅《せんべい》のような菓子をばりばりと頬張りながら、その後もとりとめのない話を続けていた。わかってはいたが、緊急の用件はなくただの暇つぶしのようだ。恐らく、あと数十分はかかる。

このまま編纂館前で話し込んでいては、他の客人の迷惑にもなりかねない。恭介との話が途中だった気もするが、今日はもうこのまま帰宅しようか。

でも今夜を逃したら、次にこの編纂館が現れるのは一ヶ月後。次の新月の夜だ。

「というか何？　壱花あんた、よく見ると今外にいるんじゃない。早く家に帰りなさいよ。ぼうっと突っ立って何してんの？」

「……うん。そうだね」

今さら娘の状況に気づいたらしい母に、壱花は諦《あきら》めの笑みを浮かべる。

仕方がない。あの素晴らしい手製本の完成を目にできただけでも、十分幸運だったと思おう。

「それじゃあ、一旦《いったん》通話を切るね。家に着いたら改めてこちらからかけ直すから……」

「壱花ちゃん。もう帰るの？」

「えっ」『えっ』

壱花の声と、電話越しの母の声が重なった。

咄嗟《とっさ》に振り向くと、いつの間にか扉を開けて身を乗り出した恭介が、藍色《あいいろ》の夜空を背景に立っていた。

やっぱり、満月のような人だな、と壱花は思った。

「あ、ご、ごめんなさい。えっと、今、母から電話がかかっていて」

「ああ、壱花さんのお母さまですか。はじめまして。私、月無恭介と申します」

『ああ、はあ。壱花の母です。こちらこそ、はじめまして……』

スマホ越しでも、恭介の人当たりのよさと端整な顔立ちは存分に伝わっているのだろう。

いつも斜に構えて他人《ひと》さまを判断する母も、突然現れた極上の麗人に呆気にとられたようだ。

「遅くまで壱花さんを引き留めてしまって申し訳ありません。私がどうしてもと言って呼び出してしまったんです。どうか娘さんを叱らないであげてくださいね」

「…………」

なんとなく、嘘ではない。

それでもどこかすれすれの説明を口にしながら、恭介は笑顔で続けた。

『いいえそんなことは。ええっと、月無さん？　失礼ですがあなたはその、壱花とはどういうご関係で……？』

「はい。実は私、こちらの壱花さんとお付き合いさせていただいております。いつか機を見て、お母さまにもご挨拶《あいさつ》させていただければと思っていました」

「…………」

紛《まご》うことなき嘘だ。

そんな作り話を真実のようにすらすら口にする恭介に、理解が追いつかない壱花は硬直した。

『は？　え？　月無さんが、壱花とお付き合いを？　まあ……まあ！　それは本当ですかっ？』

「もちろんです。お母さまが壱花さんの将来を案じて、お見合いを提案されていることも承知しています。ただ、私自身壱花さんとの未来を真剣に考えています。もしよろしければ、今後の私の言動も踏まえてご判断いただき、見守ってはいただけないでしょうか」

『まあまあ！　こんなに素敵な殿方が！　壱花、壱花、本当のことなの⁉』

「え、え、ええっと……？」

本当のことではない。はっきりと否だ。しかし、この流れでそれを告げることのできる強者《つわもの》はいったいどれくらいいるだろう。

笑顔の二人という謎の圧力を受け、壱花は視線を彷徨《さまよ》わせたあと、曖昧《あいまい》に首を傾げた。それが、母にとっては明確な首肯と捉《とら》えられたようだった。

『まー！　そうなのそうなの！　それならそうとはっきり言ってくれればいいのにねえこの子ってば。私ったらすっかりいらないお節介を焼いてしまって。月無さんにも気を揉《も》ませてしまったわねえ。ごめんなさいねえ』

「いいえ。壱花さんは、私にはもったいないほど素敵な女性ですので。今後は私も、娘さんと釣り合いがとれる人間になれるよう、精進させていただきます」

『いやねえ、月無さんはもう十分すぎるほど素敵よお！』

その後も弾みに弾んだ二人の会話を、壱花は遠い山の風景を眺めるような心地で見つめていた。

最終的に満面の笑みを浮かべた母が放った『今後とも、壱花をよろしくお願いしますねえ！』という言葉で、ようやく謎のテレビ電話は終わりを告げた。

「いやー、長かった長かった。壱花ちゃんのお母さん、想像以上にパワフルな人だったねえ」

「恭介さん……あなたはいつから私の恋人になったんですか？」

「うん？」

「うん？　じゃありません！　これからいったいどうするおつもりですかっ！」

自分でしっかり否定できなかったことを棚に上げていることは、重々承知している。

しかし、あんな風に嘘八百を吐き出されては、混乱するのも無理はないのではないだろうか。

「いいんじゃないかな。話しぶり的に、お母さんの住まいは遠方で、こちらに気軽に来られる距離じゃないんでしょう？」

「そういう問題じゃありません！　私の母は、『恋人ができました』からの『実は嘘でした』みたいな冗談が通用する人じゃないんです！　きっと今のテレビ電話の三倍は罵詈雑言《ばりぞうごん》を浴びせられて……！」

「撤回しなければいいよ」

「そうです、撤回しなければ……、……へ？」

思いも寄らない提案に、壱花の勢いがみるみるしぼんでいく。

そんな壱花を宥《なだ》めるように、恭介はぽんと壱花の頭に手を乗せた。

「壱花ちゃんは、お母さんにずっと結婚を強く迫られていたんでしょう。それがいきすぎて、いまや職場にまで影響を来している。それでいて、お母さんが送ってくる見合い相手はどの男性もなかなかのくせ者揃い。聡明《そうめい》な君は一人一人真剣に考えてはお断りを入れ続けている。そんな君に、お母さんはさらに怒る。無限の負のループの繰り返し……といったところかな？」

「ど、どうして、そんなことまで」

以前、編纂《へんさん》館を訪れたときに、見合い写真と母の意見書をばらまいてしまったことはある。しかしながら、職場の話や何度も断りを入れている話までした覚えはない。

大きく目を見張る壱花に、恭介はふっと静かな笑みを浮かべた。

「信じてもらえるかはわからないけれどね。俺は自分で書いた文字に意図する力を込めたり、反対に人が書いた文字からその思念を読み取ったりすることができるんだよ」

「力を込めたり……思念を読み取ったり……？」

「そうそう。具体的には、癒《い》やしの『癒《ユ》』の文字を記して傷の治りを早めたり、人の書いた文字に触れてその本心を読み取ったりとかね」

確かにそれならば、壱花と母との間にあった結婚関連のいざこざについて把握していたことも頷《うなず》ける。何せ恭介は、壱花が結婚に乗り気でないことへの不平不満がたっぷり記された母からのルーズリーフ資料に、その手を触れたのだから。

「だから恭介さん、あのルーズリーフを書いたのが母だと判断できたんですか……」

「そういうことになるねえ」

「……あ！　じゃあもしかして、撮影帰りの新幹線の中で書かれていた、あの背中文字も？」

「ああ。壱花ちゃん、覚えていたんだ」

ずっと頭の片隅に引っかかっていた疑問が、思いがけず解消されていく。

あのとき背中に感じた指先は、思い返せば何か文字を象《かたど》っていた。直後、まるで魔法のような温かさに包まれて、気づけば壱花は眠りについていたのだ。

「壱花ちゃんの身体が凍えるほど冷たくなっていたから、今言った文字の力で温めさせてもらったんだ。勝手なことをしてごめんね」

「あ、いいえ、そんな」

「まあそんなわけで。俺には幼いころから、文字にまつわる可笑《おか》しな力があったんだよ。この編纂館を開館したのも、それが理由のひとつ。俺の書いた文字は、その想いをより顕著に伝える力があるようだから」

「その文字の力を使って……世界でただ一冊の本を作りだそうと？」

「うん。せっかく持たされた力なら、誰かに喜んでもらえることに使ってみようってね」

軽い調子で語られる話が、壱花のばらばらに散らかった記憶へと徐々に溶け込んでいく。

壱花が初めて編纂館を訪れた際、看板の一文が強く印象付いたのもそれが理由だったのかもしれない。この編纂館に並ぶたくさんの手製本のひとつひとつに、これほどまでに心惹《ひ》かれたことも。

手製本に綴《つづ》られた文章のひとつひとつは、依頼主の想いを十二分に受け取り預かった、恭介の手で記されているのだから。

「ただねえ。困ったことに今現在、この月無手製本編纂館には写真撮影を担当してくれる人がいないんだ。外注という手もあるけれど、やっぱりこの編纂館の事情を密に把握できる内部メンバーがいてくれると、とっても助かるんだよね。うん」

「…………」

おや、何だろう。

妙にわざとらしい語り口調に、ギアが入った気がするのだが。

「はあ。まあ、そうでしょうね……？」

「というわけで俺としては、これからもぜひ壱花ちゃんには、うちの撮影係をお願いしたいと考えております」

「……は？」

「そして君は、日頃お母さんからの結婚しろ見合いしろ攻撃に疲弊している。それでも実際に恋人を作る気はない。それなら俺が、壱花ちゃんの『恋人役』に立候補するよ」

「……はあああっ⁉」

　とても満足げな恭介に対し、壱花は夜の静寂を引き裂くような大声を上げた。それもそうだろう。

　どこの世界に『撮影係』と『恋人役』を同列に考える取引があるというのだ。

「俺、変なこと言ってるかな？　要はお互いがお互いのスキルを認め合っていて、力を貸してほしいと思っている。それなら互いに不足部分を補い合おう。とてもわかりやすいＷＩＮ－ＷＩＮだと思わない？」

　いつの間にか、恭介との距離が詰められていることに気づく。

　背中にたらりと冷たい汗が伝うのを感じながら、壱花はじりじりと後ずさりした。

「で、でも。恭介さんみたいな恰好《かっこう》いい人が私の彼氏だなんて、どう考えても不自然です。母だって他の人たちだって、冷静になって考えれば『やっぱり可笑しい』って騒ぎ出すに決まっています……！」

「壱花ちゃんはすごく素敵な女性だよ？　恐怖心を刺激された直後にも、自らが抱いた感想をしっかりと相手に残したいと願うほどにはね」

そう言って胸ポケットから恭介が取り出したカードに、壱花は小さく息を呑《の》む。

それは以前赤鬼の手製本に対して壱花が書き残した、感想カードだった。

「壱花ちゃんは、俺の書いた文字に惹かれたって言ってくれたよね。俺も同じ。壱花ちゃんの文字から届いた、君の人柄に興味が湧いたよ。どこまでも誠実で、生真面目で、溢《あふ》れるほどの優しさがある……そんな君にね」

「あ……っ！」

そう告げると、恭介は手にした感想カードにそっと唇を触れさせる。

まるで自分の分身のように語られるカードに受ける、至極甘ったるい扱い。壱花の頭は、羞恥《しゅうち》と困惑で湯気が噴き出そうだ。

「さてさてと。壱花ちゃんの会社って、副業ＯＫなのかな？　一応確認してもらって、必要ならこちらからも手続き書類は提出させてもらうよ。撮影係としての協力頻度もすべては君の気持ちに任せる。気が向いたときに、お手伝い感覚で力を貸してもらえればいいんだ」

「え、え、えええ……？」

「もちろん、壱花ちゃんの方でも何かあれば、俺がいつでも恋人役として協力するよ。突然お母さんが『例の彼氏と会わせろ』って言ってきたときなんかは、物理的に無理じゃない限りすぐさま馳《は》せ参じるしね」

「……それ、そのうち本当に有り得そうで恐いです……」

「ね？　もっと肩の力を抜いて、気楽に考えようよ」

言いながら壱花から少し距離を取った恭介が、新月の夜空に向かって大きく両手を広げる。

「壱花ちゃんは、強引な俺に言われて仕方がなく協力するんだ。だからたとえその先で何か問題が起こったとしても、責任はすべて俺が取る。そのくらいの心構えはあるつもりだよ」

「……！」

「だから、お願いします。壱花ちゃん」

「っ、あ、なっ！」

こちらを振り返った恭介は、そのまま躊躇《ちゅうちょ》なく頭を下げた。

上体を九十度に倒した、深い深い礼。その廉直かつ美しい所作に、壱花はどきりと心臓が震えた。

「きょ、恭介さん。わかりました。わかりましたから、どうか頭を上げてください！」

「『わかりました』。『わかりました』ってことは、つまり？」

「――っ、お引き受けします……！」

絞り出すように伝えたその言葉に、恭介がこちらをぱっと見上げる。

「本当？　本当に、この編纂《へんさん》館のカメラマンになってくれるの？」

「女に二言はありません。ただし、ひとつだけ条件の修正を」

「うんうん。何でも言って」

「この先で何か問題が起こったとしても、責任はすべて私が取ります」

恭介は、きっと見抜いていたのだろう。壱花が常日頃抱えている現状を変えることへの恐怖と、新生活に飛び込むために必要な勇気を。

しかし、だからといって他人《ひと》さまに無条件におんぶに抱っこされていられるほど、壱花は常識知らずではないのだ。

「この選択は……私自身がしたことです。あとで誰かに責任を押しつけるような真似を、するつもりはありません」

「……わかった。君の意思も、しっかり受け取らせてもらったよ」

上体を起こした恭介が、ふわりと微笑む。

相変わらずすらりとした長身に、端整な顔立ち。愛嬌《あいきょう》のある柔らかな表情。

あやかしたちの心と向き合い、想いを綴り、世界で唯一の本を紡いでいる人。

「改めまして。月無手製本編纂館の館主、月無恭介です。これからどうぞよろしくね、壱花ちゃん」

「仲里壱花です。こちらこそ、どうぞよろしくお願いします」

差し出された手に、壱花も自然と手を差し出す。

包まれた温《ぬく》もりは、まだひんやりと肌を刺す冬の空気にひどく温かかった。

第二話　透明の記憶に無限色の愛を綴る

「うんうん。わかってるよ。ちゃんと恭介さんにもそう伝えておくから」

片手で器用に外出準備を進めながら、壱花はスマホ越しに会話をしていた。

『本当でしょうねえ。あんたっては昔から要領も器量も悪いんだからね。あんな素敵な殿方を逃したら、もう一生まともな人との結婚なんて叶《かな》わないわよ!』

「わかってるよ。私なりにちゃんと向き合っているつもりだから、お母さんはあまり心配しないで」

『まったく、信用できないわねえ』

受話器越しでも重たいため息が届いてきそうで、壱花は反射的にスマホから距離を取る。

その後、母の気の済むまで続いた会話を何とか切り上げ、ほっと息を吐いた。

「『恋人』ができてもなお、鬼のような電話は健在……か」

とはいえ、これでも事態は幾分かましになっていた。

ここ最近、当てつけのように職場に送られていた見合い写真はぱたりとなくなり、会話の内容も半分ほどは恭介についての興味関心に取って代わられた。

月無恭介。新月の夜に壱花が見つけた、月無手製本編纂館の館主。

そこで正式にカメラマンとしての勧誘を受けてから、一週間ほどが経過していた。

一人暮らしのマンションから、窓の外に広がる風景に視線を移す。

一日中快晴だった青空は、徐々に夕暮れに傾いていた。山際に溶けるように沈んでいく太陽が、空を幻想的な色合いに染めていく。紫、ピンク、黄色、そして橙色《だいだいいろ》。

「あっ、まずい。そろそろ出たほうがいい時間だ」

夕焼け空に見惚《みと》れていた壱花が、はっと我に返り時計を見上げる。急いでコートを羽織り、テーブルに準備していた荷物を肩にかけ、ぱたぱたと玄関まで駆けていった。

「っと。いけない。忘れ物……！」

履きかけの靴を一旦《いったん》戻し、チェストの上に置いていたあるものに手を伸ばす。

アクリルの小箱に収めていたそれは、存在感のある鍵《かぎ》が通されたネックレスだ。

深い飴色《あめいろ》の金属でできた鍵はアンティーク調の風合いが漂い、同じ色の細いチェーンに繋《つな》がっている。

鍵の美しさを瞳《ひとみ》に焼き付けたあと、壱花はネックレスを首に下げて今度こそ部屋を出た。

胸に逸《はや》る鼓動は、期待と不安の両方が複雑に絡み合う音色をしていた。

月無手製本編纂《へんさん》館。

新月の夜にしか姿を現さないという、至極不可思議な建物。

自宅マンションから徒歩で十分弱。職場のオフィスビルに向かう道の途中に、その建物はあった。

そして、今宵空に薄く浮かぶのは上弦の月。本来、この編纂館の姿を目にすることができないはずの日だ。

「恭介さんの言ってたことは、本当だったんだ……」

独りごちながら、壱花は首から下げたネックレスにそっと触れる。

このネックレスは、以前編纂館前で語らった際に恭介から渡されたものだった。

『この鍵を持っていれば、月の形を問わずに編纂館を訪れることができるから』と。

そんな魔法のような話があるのだろうかと思っていたのだが、そもそもこの編纂館自体が夢か幻かというような存在だ。

何せここの顧客は人間だけではない。通常人の目に触れない人ならざる者――あやかしをも顧客にした、謎多き編纂館なのだから。

「時間は……十七時、少し過ぎてるよね」

この編纂館の開館時刻は夕方十七時。それ以降の時間ならば、いつでも自由に出入りしていいと言われていた。

「入ってもいいのかな。ノックしたほうがいい？　でも、お客さんとしてきたときは普通に入っていたから……」

「こんばんは。お嬢さん」

背後からかけられた声に、壱花の肩がびくりと跳ねた。

慌てて後ろを振り返り、そこに立つ人物に大きく目を剝《む》く。

「ああ、驚かせてしまったようね。もしかして、この編纂館に御用のお客さまかしら」

「え、えっと」

艶《つや》のある微笑みを向けられ、壱花の頰にじわりと熱が集まる。

そこに佇《たたず》んでいた人は、美しい着物をまとった絶世の美女だった。

陶器を思わせる白い肌に、絹糸のような髪は造形美しく後頭部にまとめられている。

纏《まと》う着物は紫を基調にした豪勢なもので、椿の花の刺繡《ししゆう》が艶《あで》やかな空気にとてもよく似合っていた。

まるで大正浪漫を思わせるような奥ゆかしさが滲《にじ》む姿に、思わずぼうっと見惚れてしまう。

「ごめんなさいね。せっかく来てもらったのだけれど、本日こちらの編纂館は休館日なの。また次の新月の夜にお越しいただくことはできるかしら」

「そ、それは存じています。ただその、こちらの鍵を館主の方から預かっておりまして……」

「あら。その鍵は」

「お。壱花ちゃん。来てくれたんだ」

慌てふためきながら受け答えする壱花に、救いの声が届く。

いつの間にか開かれた編纂館の扉から、耳にスマホを当てた恭介がひょこりと顔を覗《のぞ》かせていたのだ。

「うわあ。伊緒莉《いおり》と鉢合わせしちゃったんだねえ。大丈夫？　変なちょっかい出されてない……あー、もしもし？　違う違う、今のは遊び仲間じゃなくて職場仲間。近々連絡するから、埋め合わせはそのときにね。うんうん。俺も早くヨシコさんに会いたいなあ」

「……ヨシコさん」

「館内の私用電話は控えなさいと言っているのに。仕方がないわねえ、我が館長は」

意味ありげな恭介の通話に呆気《あっけ》にとられる壱花に、伊緒莉と呼ばれた女性はにこりと艶やかな笑みを浮かべる。

「はじめまして壱花ちゃん。私、月無手製本編纂館メンバーの一人の伊緒莉と申します」

暖色の明かりが灯《とも》された編纂館は、今日もノスタルジックな空気で壱花たちを出迎えた。

「この子が新しくメンバーになった写真撮影担当の壱花ちゃんなのね。恭介から話は聞いているわ。どうぞ寛いでくださいな。今、美味《おい》しい紅茶を淹《い》れてくるわね」

「あ、お、お構いなく……！」

楚々《そそ》とした物腰で広間奥へと消えていった伊緒莉を見送り、壱花はほーっと長い息を吐く。その様子に、『私用電話』を終えた恭介は愉《たの》しげに肩を揺らした。

「そんなに緊張しなくてもいいよ。今日の編纂館は休業日で、客人の来訪予定も入っていない日だからね」

「いいえ。それもありますが、二人の輝きが眩《まぶ》しくて、こう、目がしぱしぱと……」

「輝き？」

「何でもないです。というかその、この編纂館には、恭介さん以外にもスタッフの方がいらっしゃったんですね」

考えてみればそれは至極当然だ。

いくら恭介に本作りの知識と能力があったとしても、一から十まで一人で手製本の制作をするのは相当難しいことだろう。壱花に写真撮影を任せたいと考えたように、他の役割に適したメンバーがいると考えるのが普通だ。

「うん。俺は依頼主との打ち合わせや制作のスケジュール調整なんかの全体的な統率と企画案作成、そして文字書きの担当。さっきの伊緒莉は、企画案をもとにした詳細なデザイン作成を担当してくれてる。あとは時々、絵を描いたりもね」

「なるほど。確かに伊緒莉さんなら、一冊一冊をとても素敵にデザインしてくださりそうですね」

彼女の人柄もまだ詳しく知らない壱花でさえ、思わず納得してしまう役割だった。それだけ彼女の装いや化粧、身のこなしひとつとっても、とても洗練された印象を相手に与えている。

「そうなると、私を含めて現在編纂館のメンバーは合計三人、ということでしょうか」

「まだいるよ。自分からはあまり顔を出そうとしないけれど、手製本作りになくてはならない、工作係の子がね」

「工作係？」

「かまじろう。そんな隅っこに隠れていないで、ちょっとでいいから出ておいで」

まるで諭すように語る恭介の視線を追って、壱花は後方を振り返る。

見れば広間を囲うように伸びる円柱の裏側に、ちらちらと動く小さな影があった。震えるように微《かす》かに揺れる、丸い耳。全身を覆う薄茶色の毛並みの中に、目もとの焦げ茶がチャームポイントのように浮かんでいる。

長く丸い尻尾《しっぽ》の印象とは対照的に、手元に伸びるのは鋭い鎌《かま》のような刃先——って。

「きょ、恭介さん。あの子は」

「紹介するね。俺たちのメンバーの一人、かまじろうだよ。あやかしでいうところのカマイタチという種族なんだ」

「あ、あ、あやかしさん……そうですか、そうですか……」

恭介の言うとおり、柱の陰から微かに視認できたのは、イタチを思わせる姿形の生き物だった。

幼いころからあやかしが最上級の恐怖対象だった壱花だが、理性で何とか悲鳴を呑《の》み込む。逸《はや》る鼓動を何とか落ち着けた壱花は、密《ひそ》かに勇気を奮いたたせると柱のほうへ歩み寄った。

気配を察したらしい茶色の尾が、柱の向こうで小さく揺れる。

「かまじろうさん、はじめまして。恭介さんのお誘いで、この度写真撮影係を務めさせていただきます、仲里壱花と申します」

「……、……」

「皆さんにご迷惑をおかけしないように、精一杯役割を果たしたいと思っています。どうぞよろしくお願いしますね」

「……、……こちらこそ」

「！」

「こちらこそ……よろしくお願いいたしマス、で、ございマス……っ」

ちらり、と柱の陰から見えた顔と目が合う。

カマイタチ、もといかまじろうから向けられたのは、大きくてまん丸なくりくりの瞳《ひとみ》だった。両の手に備えられた切れ味の良さそうな鎌がどうにもミスマッチだが、その魅力的な瞳の前には些末《さまつ》な問題に思える。

ずばり言うならば、とてもとても可愛らしいあやかしだった。

「かまじろうはとっても恥ずかしがり屋さんなんだよ。人間には特に人見知りを発動しちゃうんだけど、悪意や敵意があるわけじゃないんだ」

「はい……、そうみたいですね」

「……もしかして壱花ちゃん、かまじろうにキュンキュンしちゃってる？」

「あ、あはは……」

図星をつかれ、苦笑を浮かべながら恭介のほうに向き直る。

すると、予想以上に近い距離にいた恭介に、壱花はぎくりと身体を強張《こわば》らせた。

「だめでしょー。今壱花ちゃんは、俺と絶賛お付き合い中なんだから。他の男にキュンキュンしちゃうのは、恋人としては見過ごせないなあ」

「こ、恋人って。そもそも恋人『役』ですし、その設定は母の前だけで十分で……と言いますか、つい先ほどそれっぽい通話をされていたあなたが言いますか……？」

「はは、さっきのは遊びのお誘いを断ったんだよー。こういうのは日頃の鍛錬がものをいうんだから。壱花ちゃんだって突然恋人の振りをしろって言われて、すぐにそれらしく振る舞えるほど器用じゃないでしょ？」

「う」

笑顔で言いくるめられ、壱花は口を噤《つぐ》む。

確かにここの撮影係を引き受ける交換条件として、恭介には結婚推進過激派の母親対策に『恋人役』を引き受けてもらうことになっていた。

しかしながら、常日頃からこういった妙なやりとりを挟まれては居心地が悪くて仕方がない。その相手が異次元の美男子ならば尚《なお》のこと。

「恭介。おやめなさいな。壱花ちゃんが困っているでしょう？」

凛と澄んだ声色が届く。振り返るとそこには、トレーに四人分のティーセットを携えた伊緒莉がいた。

ティーセットは細やかな絵柄が美しいアンティーク調のもので、伊緒莉の淑《しと》やかな雰囲気ととても合っている。

「壱花ちゃん、どうぞこちらへ。紅茶はアールグレイでいいかしら。最近いい茶葉が手に入ったの」

「わ、ありがとうございます」

「恭介、かまじろうも。こちらで改めて顔合わせの時間にしましょう?」

にこりと微笑む伊緒莉に促され、恭介とかまじろうも中央の四人席に移動する。

カマイタチのかまじろうはおどおどと辺りを見回しながら、恭介の隣席にちょこんと腰を据えた。可愛い。手の鎌から放たれるギラリとした光は何とも物騒だけれど、やっぱり可愛い。

紅茶を淹れ終えた伊緒莉が、壱花の隣席にふわりと腰を落とす。いい香りがする。美しい人は指先から香りまで美しいのだ。にこりと微笑みを向けられ、まるで薔薇《ばら》の花に包み込まれたような錯覚を見てしまう。

「こらこらこら。壱花ちゃん、さっきの俺の話、ちゃんと覚えてる?」

「えっ」

「言ったでしょー。今は俺が君の恋人なんだから、他の男にキュンキュンしちゃうのは見過ごせないよ?」

「違いますっ! というか、伊緒莉さんは女性なんですから、見惚《みと》れるくらい別に問題ないじゃありませんか……!」

「あら。私、女ですだなんて自己紹介していたかしら」

「………」

うん？

言葉を咀嚼《そしゃく》するのに時間を要する壱花に、隣の美女――と思われた人はにこりと笑みをたたえた。

「私の名は伊緒莉。あやかし名でいうところの『ぬらりひょん』という種族で、身体の性別は男なの。改めてよろしくね、壱花ちゃん」

「ぬらりひょん、ぬらりひょん……、あっ、あったあった」

それから数日後、仕事を終え帰宅した壱花にはとある愛読書が増えていた。

書物の題名は『妖怪《ようかい》なんでも事典』。タイトルこそ可愛らしい書物だが、ページ数はかなり多く、内容も濃密な一冊だ。

「『ぬらりひょんは妖怪の総大将と呼ばれているがその多くは謎に包まれている。人の家に上がり込んでは居住人の如く振る舞うが、他の居住人はその者を不審と思わずに通常どおり接してしまう。長く特徴的な頭を持つ』……むう。なるほど……」

新調したB5サイズのシンプルなノートに、記憶に留《とど》めておくべき事項を書き付けていく。

その後『かまいたち』のページも同様に学び、本の文字をじいっと確認した。

「かまじろうくんは、この本に描かれた姿形とほとんど同じだなあ。三匹で行動しているっていうところ以外は、昔とさほど変わっていないのかも」

カマイタチは、もともと三匹をひと組として行動するあやかしだという。

一匹目が人を転ばし、二匹目が切りつけ、三匹目が傷薬を塗り去っていく。このことから、昔山中で突然皮膚が切れたにもかかわらず血が出ない現象が起こった際には、カマイタチの仕業と言われていたのだ。

「伊緒莉さんは……なんというか、本のイラストの名残が一欠片《かけら》も残っていないんだよね」

強《し》いて言うならば、着物を着ていることくらいだろうか。

それにしても、あの優美で艶《あで》やかな見目は、今思い返しても緊張でそわそわ落ち着かなくなるほどに異次元じみている。幸い伊緒莉は壱花の勘違いもまったく気にしていない様子で、淹《い》れてもらった紅茶もとても美味《おい》しかった。

それでも、瞳の奥底にゆらゆらと映る妖《あや》しげな光に、いちいちおどおどしてしまったのはやはり悔やまれるところだ。

「あやかしだからという理由で恐いと決めつけるだなんて、どう考えても失礼なことだもんね」

それはここ最近、幾度となく自分の中で確認していることだった。

今までの壱花は、妖怪やあやかしといった類《たぐ》いのものとは必要以上に距離を取って生きてきた。

関連番組に気づけばすかさずテレビを切ったし、映画予告に流れれば目を固く閉じ耳を塞《ふさ》いだ。関連書籍を購入するだなんて、それこそ考えもしなかったことだ。

「でも今回は、私が自分自身で、あの編纂《へんさん》館に関わることを決めたんだから」

不意にじわりと滲《にじ》み出そうになる恐怖心を振り払いながら、少しずつ他のページも読み進めていく。

気づけば本を腹に開いたまま、壱花は次の日の朝を迎えていた。


そして編纂館の正式メンバーとして迎えた、初の新月の夜。

「こんばんはあ。今宵もまた来ちゃいました」

「蜘蛛《くも》女郎さん、こんばんは。どうぞゆるりとお過ごしくださいね」

「天邪鬼《あまのじやく》ちゃんったら。読んだ本はきちんと元の場所に戻さなくては駄目よ」

「ええ？　だってこのほうが面白いじゃない！」

「……っっ」

十七時が訪れるのと同時に、月無手製本編纂館の扉は次々と開いていった。

今まで見てきた閑散とした広間が嘘のように、複数組の客人が展示された手製本を見て回っている。

そしてそのすべての客人は人間ではない存在——いわゆるあやかしと呼ばれる存在だ。

世間話を交えて接客する恭介や伊緒莉を眺めながら、壱花は広間奥のカウンターで棒立ちになっていた。自分もメンバーの一人なのだから接客を。そう思ってはいるのだが、足が床に貼りついたように動こうとしない。

あんなにあやかしに関する本を読み込んできたのに。イメージトレーニングだってたくさん積んできたのに。

「無理しちゃ駄目だよ、壱花ちゃん」

「あ……」

いつの間にかカウンター内に戻っていた恭介に気づき、壱花ははっと顔を上げる。

「そもそも壱花ちゃんにお願いしたことは、手製本に必要な写真撮影。あやかしに免疫ゼロの壱花ちゃんに接客させようだなんて、最初から考えていなかったんだから」

「すみません。せっかく迎えた新月の夜に、大したお力にもなれず……」

「そんなにしょげないで。その気持ちだけで十分に、彼らの心を潤してる。敵意や悪意を内に秘めた人間の気配を、彼らは敏感に察知するからね」

恭介の言葉に、壱花はそっと来館したあやかしたちの様子を見つめる。

中にはこちらを興味深げに見遣《みや》る者もいたが、ほとんどの客人は和やかに館内の手製本の世界に浸っている様子だった。

「そうよ、壱花ちゃん」

客人に飲みものを運んでいた伊緒莉が、微笑みを浮かべて戻ってくる。

優美な振る舞いは今日も健在で、男性と知ったことでますます妖艶《ようえん》さが際立っているように思えた。

「現代のあやかしには、かつての居場所を失って生きづらい思いを抱えている者も少なくないの。そんな中で人間の壱花ちゃんが編纂館メンバーに加わってくれたことは、少なからず彼らに勇気を与えてくれるわ」

「そうでしょうか」

「そうよ。それに、おろおろとカウンターで固まってしまっているその姿も、思わずちょっかいを出したくなるくらい可愛らしいしね……？」

「……えっ」

「こらこら伊緒莉。壱花ちゃんに無用な手出しは禁止だってば」

いつの間にか伸ばされていた伊緒莉の手から遠ざけるように、恭介が壱花の身体をぐいっと引き寄せる。

「前にも言ったけれど、壱花ちゃんは俺の大事な恋人だから。不必要な戯《たわむ》れの対象にはしないようにね」

「あの、恭介さん？　恋人じゃなくて、正確には恋人役で」

「よかったわ。必要な戯れなら問題はないのね。他愛ない日常会話は、親交を深めるためにとても大切よ？」

「壱花ちゃんの意思を置き去りにしないでって言ってるのー。そもそも壱花ちゃんは、あやかしがそばにいる生活自体に慣れてないんだから」

「ならば尚《なお》のこと、私の隣であやかしとは何たるかを懇切丁寧に教えてあげなくちゃならないわ」

「伊緒莉が言うと、どうもいかがわしい匂いがしてならないんだよねえ……」

「あの、お二人とも？　お戯れはその辺で……」

発光量マックスのイケメン同士が絶え間なく美形で殴り合うような状況は、非常に非常に居心地悪い。

壱花が間を取り持とうとする中、カウンターに置かれた物陰から、何かがぴょこんと姿を現した。

「お二人とも！　い、壱花サマが困っておられますデス。今日は新月初出勤の日。どうぞお気遣いを！　ご慈悲を賜りマスよう……！」

「かまじろうくん」

愛らしいイタチ姿のかまじろうが、今にも泣き出しそうな様子で二人に懇願する。

まるで満天の星を閉じ込めたようなきらきらおめめの訴えで、無事麗しの二人の戯れも幕を閉じた。どうやら編纂館メンバーの唯一のオアシスは、この小さなあやかしさんらしい。

「ありがとう、かまじろうくん。お陰でとても助かったよ」

「いいえ、いいえっ。普段よりこの鎌《かま》の先っぽほども役に立たないボクでございマスので、このくらいはお役に立たなければと……！」

ぶんぶんと首を横に振ったかまじろうは、そのまますぐに身を翻すとカウンターから距離を取った。

初対面のときに恭介が言っていたとおり、やはり生粋の恥ずかしがり屋さんだ。それでも、勇気を奮って救い出してくれたことが伝わり、自然と笑みがのぼる。

くせ者揃いの編纂館メンバー。それでも、彼らとのどこか気の置けないやりとりはとても新鮮で、胸が空《す》く心地がする。

そんな感覚にほんの僅《わず》かに心を解きかけていると、傍らの恭介がぴくりと何かに反応したのがわかった。

「恭介さん？」

「ご来館です」

編纂館内に、恭介の落ち着いた声がそっと落とされる。

途端、目の前で穏やかな時を過ごしていたあやかしたちの姿が、まるで空に溶けるように透明になった。目を凝らせばほんの僅かに輪郭は残っているが、向こう側の壁が透けて見えるまでになっている。

突然の出来事に、壱花は慌てて館内を見回した。

「え……え？　恭介さん、どうしてお客さまは、急に透明な姿に……!?」

「心配しないで。この編纂館のルールのひとつだよ。あやかしを認識できないお客さまの来訪時には、その方を混乱させないように留意すべし。無用なトラブルを避けるためにね」

落ち着かせるような笑みを浮かべた恭介が、ぱちんとウィンクを飛ばす。

「この編纂館を訪れるのは、あやかしだけじゃあない。それは壱花ちゃん自身も実際に客人として経験済みだよね？」

「それじゃあ……」

壱花が言葉を紡ぎきるよりも早く、編纂館の扉がこんこん、とノックされたことに気づいた。

「人間のお客さまのご来訪だ。皆さん、引き続きお過ごしの際はくれぐれもお静かに」

穏やかに告げた恭介に、透明色に溶けたあやかしたちは揃ってこくりと頷《うなず》いたように見えた。

「こんなに素敵なお店があったんですね。この街に住み続けて長くなりますが、初めて知りました」

館内の手製本を興味深く眺めながら話すのは、先ほど来館した人間の女性だった。

年齢は五、六十歳だろうか。毛先が優しく巻かれたショートヘア、シンプルなカットソーに、スラックスのパンツを穿《は》いている。上に羽織っていたトレンチコートは恭介が笑顔で預かり、手際よく奥のハンガーラックにかけられた。

「ふふふ。こちらの手製本は、とても面白いですね。彩り豊かで、動物や鬼やドラゴンも出てきてる。子どものころによく読んだ絵本のようだわ」

「そうですね。よくある常識に囚《とら》われない作りになっていることも、手製本の魅力のひとつです」

女性とつかず離れずの距離を保ちながら、壱花が相づちを打った。

元来勉強熱心なこともあり、編纂《へんさん》館の基礎知識はすでに壱花の頭の中に叩《たた》き込まれていた。あやかし相手の接客にすくみ上がってしまうのならば、せめて人間相手の接客で役に立ちたい。そう考え、壱花は女性の案内役を自ら買って出た。

「このお店では、手作りの本をこうして展示しているのね。それはつまり、こちらに展示することが制作依頼の条件ということなのかしら」

「いいえ。こちらに展示しております手製本は、どれもご許可をいただけた本のみとなります。作品横には感想カードを添えてございまして、皆さまからのご感想が制作者さまへお届けされるシステムとなっております」

「あらあら本当だわ。自分で作った本が誰かに読んでもらえて、感想までいただけるのね。とても素敵なシステムだわ」

嬉《うれ》しそうに目を細める女性に、壱花もつられて笑みが零《こぼ》れる。

女性は目を通した手製本に添えられたカードに、丁寧に感想を綴《つづ》っていた。一息ついた女性が、そっと壱花に向き直る。

「実は……私もこちらで本を作らせていただきたいんです。母に贈る、この世でただ一冊の手製本を」

女性の名は、井倉朋子《いのくらともこ》といった。

手製本制作の受付のため、カウンターにて恭介へとやりとりを引き継ぐ。

恭介の傍らに立った壱花は、初めて目にする手製本受付のやりとりを少し緊張した面持ちで見守っていた。

「この度は、月無手製本編纂館にお越しいただきまして誠にありがとうございます。表の看板をご覧になって、興味を持っていただけたそうですね」

「はい。偶然こんなに素敵なお店に気づくことができて、ラッキーでした」

「こちらこそ、素敵なご縁をいただけてとても光栄に思います」

慇懃《いんぎん》に頭を下げる恭介に、客人の朋子も慌てたように頭を下げ返す。

今の恭介は、対人間の顧客モードだ。初対面時の壱花にそうであったように、礼節を忘れずに、紳士的に、相手に一抹の不快感さえも与えない。

猫かぶりイケメン。壱花は内心ぽつりと呟《つぶや》いた。

「ではさっそくですが、今回井倉さまが制作を考えておられる手製本について、お話をお聞かせ願えますでしょうか。もちろん、はっきりと決めかねておられる部分もあると思いますので、今思い描いておられるイメージの欠片《かけら》だけでも共有いただけますと、大変助かります」

「そう、ですね。実はまだほとんど内容を決めていないんです。ただ、じきに母の誕生日がありまして、そのプレゼントとして作ることができればと……」

困ったように眉《まゆ》を下げながら、朋子はぽつりぽつりと話を続けた。

朋子の母は八十二歳で、現在は介護施設に入居しているのだという。

父は朋子が幼いころに他界し、母は一人娘を女手ひとつで立派に育て上げた。その後、朋子自身も結婚し娘を出産したが、夫が事故で急逝してしまう。

悲しみに打ちひしがれていた朋子に優しく寄り添い、孫の面倒や家事の手伝いをサポートしてくれたのもまた、母だったのだという。

「実は母は今、徐々に記憶がおぼろげになっていまして。私のことも、もう娘だと認識できていません」

「え……」

衝撃的な言葉に、壱花は思わず声が漏れる。慌てて口を塞《ふさ》いだが、朋子は小さく笑みを浮かべて話を続けた。

「それでも、昔私と父と母の三人家族だったときのことはとてもよく覚えていて。そのころの会話をするときは、いつもとても嬉しそうなんです」

「そうなのですね」

「はい。ですので、そんな母の心の支えになる、かつての写真を集めたアルバムのようなもの。そんなものを贈ることができれば、今の母もとても喜んでくれるのではないかと考えているんです」

朋子が努めて明るく振る舞おうとしていることは、言葉の節々からも感じ取ることができた。

きっと、温かな母子関係を育《はぐく》んできたのだろう。互いに支え合い、思いやり、寄り添い合いながら長い月日を生きてきた。

母の記憶から今の自分の存在が消えかけている状況でも、それは変わらない。

「きっと井倉さまのお母さまを想われる心が、この編纂館への道を開いたんですね」

ぽつりと零した壱花の言葉に、朋子の目が小さく見開かれる。

「私たちが、井倉さまの想いの籠《こ》もった手製本作りを、精一杯にお手伝いさせていただきます。きっと、お母さまもお喜びになりますよ」

壱花には今までも、恐らくこれからも決して手に入ることのない、素敵な母子関係。それを守る一助になる今回の制作依頼に、壱花は何か運命めいたものを感じていた。


朋子が編纂館をあとにした直後。

さっそく今回の手製本制作についての話し合いを持とうとしたソファー席で、恭介はおもむろにそんなことを言った。

「朋子さんは、嘘をついているね」

「……は？」

「嘘？　え、嘘？　嘘って、どういう意味ですか？」

「そのままの意味だねえ。ほら、さっき依頼を受け付けたとき、朋子さんに受付用紙の記入をお願いしたでしょう？」

恭介は、ぺらりと一枚の紙を手に取った。それは確かに、先ほど朋子に記入してもらった受付用紙だ。

「えっと。それはつまり、朋子さんが顧客情報に嘘の記載をしたということですか？住所？　電話番号？　もしかして、名前も偽名……なんてことは」

「はは、違う違う。お客さんの人となりは、会話している間もそれなりに伝わるものはあるからね。そういったところを欺くような人じゃあないのは、壱花ちゃんだって感じていたでしょ」

もちろんだ。そうでなければ、赤の他人の家族関係に熱い想いを宿したりはしない。

「朋子さんは、お母さんへの誕生日プレゼントに手製本を制作したいと思ってここに来た。それ自体に間違いはない。ただ、問題はその内容かな」

「内容ですか？」

「朋子さんが真実作りたいと思っているのは、もっと別の手製本なんだ。朋子さんの記した文字が、そう言ってる」

「あ……」

恭介の言葉が、ようやく腑《ふ》に落ちた。

恭介には、人が記した文字に触れることでその思念を読み取ることのできる不思議な力がある。先ほど朋子が記入した用紙から、それを読み取ることができたのだ。

「さすが恭介ね。私もなんとなく違和感を持ってはいたけれど」

「えっ、伊緒莉さんもですか？」

　奥から四人分の紅茶を運んできた伊緒莉が、さらりとそんなことを言う。

「人の心の内に入り込むのは、私たちぬらりひょんの十八番《おはこ》なの。人の微細な態度や声色、目の動きなんかも自然と目に付いちゃうのよね」

「なるほど。そうなんですね」

「ほおおおう……さすがは、恭介サマ、伊緒莉サマ……！」

　カウンター端でちょこんと佇《たたず》むかまじろうはどうやら壱花側で、二人の会話に尊敬の念を抱いている様子だった。

「さっきの話では、朋子さんが制作を希望しているのは、お母さんの記憶が残っている時期の写真をまとめた、アルバムのようなものということだったよね」

「はい。そのとおりです」

　先ほどの会話を壱花はそのようにノートに記録していたし、受付用紙最後尾の『希望する手製本の内容』にも同様の記述がされていた。

「でも、朋子さんがお母さんに贈りたいのは、本心ではこれじゃない。もっと別の内容の本なんだ」

「なるほど。でも、別の内容というのは、具体的にどんな……？」

「あはは、どんなだろうねえ」

「……へ？」

あっけらかんと笑顔を見せる恭介に、真剣にノートにペンを添えていた壱花は目を丸くする。

「壱花ちゃん、許してあげて。恭介の力は確かに優秀だけど、時々ポンコツなの。たとえば今回のように、肝心なところだけどうしても読み取れずに、メンバーをこき使うなんてことは日常茶飯事なのよ」

「ちょっとちょっと伊緒莉。フォローしているようで逆に俺のこと貶《おとし》めてるように聞こえるよ？」

「そのとおりだから何も問題ないわ」

二人の美形のじゃれ合いを尻目《しりめ》に、壱花は先ほどの朋子の話を記録したノートを、今一度じいっと読み込んでいた。

母を想う気持ちも、現在の状況も間違いはない。ただ、朋子が真実母に贈りたい本の内容が異なる。

朋子はいったい、どんな手製本を制作し、愛する母に届けたいと願っているのだろう。

とはいえ、人の真意を探るということほど難しいことはない。

何せ心の内というものは、ときに自分のそれさえも正確に把握できないものなのだから。

「あらあら。新婚生活を始めるのなら、この辺りは特におすすめよぉ。駅も近いし買い物にも困らないし、公園や小学校も近場にあるものねえ」

「ありがとうございます。その土地の住みやすさは、やはりその街にお住まいの先輩にお聞きするのが一番ですね」

「ふふふっ、私たちも、こーんなに恰好《かっこう》いいイケメンさんが近くに越してこられたらとってもとっても嬉《うれ》しいわあ。奥さまっ、あなたってば、とんでもない美男子をお射止めになったのねえ！」

「あ、は、ははは……」

　程よく自然に囲まれた、穏やかな住宅街の一角にて。

　浮かれた様子のおばさまたちに小突かれ、壱花は乾いた笑みを浮かべるしかなかった。

「じゃあねーっ」「またいつでも見学にいらっしゃいねー」と笑顔で去っていくおばさまたちを見送ると、どっと肩に疲労がのし掛かる。

「あのおばさま方のお話だと、この辺りは比較的ご近所付き合いの深い住宅街みたいだね」

「恭介さん……ひとつ聞いてもいいですか」

「どうぞいくらでも。とんでもない美男子を射止めちゃった、新婚ほやほやの若奥さま？」

「まさにそのことです！　どうして私と恭介さんが、新婚夫婦を装わなくちゃいけないんですか……！」

周囲の人目を確認したあと、壱花は声を潜めながら詰め寄った。

現在壱花と恭介は、朋子が居住する住宅街に足を運んでいる。理由はもちろん、依頼主朋子とその家族に関する調査だ。断じて新婚さんごっこではない。

「新婚さんを装うことだって、そう無駄なことじゃあないよ？　現に今のマダムたちだって、俺たちが新婚生活を始める街探しをしてるって話をしたら、親身になって質問に答えてくれたじゃない？」

「それは、そうかもしれませんが」

「いくら俺がびっくりするほどのイケメンっていっても、所詮《しょせん》は赤の他人だからね。それよりも人生半人前な新婚夫婦として質問させてもらったほうが、聞かれたほうも喜んで話をしてくれる。お互い気持ちよく人助けができて、まさにＷＩＮ－ＷＩＮだよね」

「……はあ。わかりました」

確かに恭介の説明も一理あると考え、今回はひとまず呑《の》み込んだ。

そもそも、探偵でもない素人が街の住人の身辺調査をするだなんて相当に難しい。

朋子が胸の内にいったい何を秘めているのか。それを察するきっかけになるような、ほんの僅《わず》かな欠片《かけら》でも見つけることができれば御の字だ。

「ああ、ここだね。朋子さんたちのお宅」

恭介のその言葉に、壱花も歩みを止める。

表札に『井倉』と書かれたそこは、腰丈ほどの木目模様の塀に囲われた一軒家だった。クリーム色の壁に赤茶色の屋根。扉に進む道脇には、そろそろガーデニングが楽しめそうな庭がある。

「いいね。温かい空気がいっぱいの、素敵な家だ」

「本当ですね。朋子さんは日中勤務とのことでしたが、不在の今、お宅の外観を撮影してしまってもいいんでしょうか」

「問題ないよ。そのことについては、朋子さんにも予《あらかじ》め許可をもらっているからね」

朋子からの手製本制作の依頼を受けた日。

依頼内容を十分に聞き終えたあと、恭介は唐突に、「今回の手製本は、井倉家のご自宅をモチーフに作らせていただけませんか」と提案した。

朋子が幼いころから住み続けてきた自宅は、家族アルバムを紡ぐのにはまさにぴったりのモチーフだ。恭介の提案に、朋子もとても嬉しそうに頷《うなず》いてくれた。

あの笑顔の裏にそっと仕舞い込まれた本心は、いったいどんなものなのだろう。

カバンから取り出したカメラの支度を整えた壱花は、居宅に向かって最初のシャッターを切った。

春の日差しを柔らかく受けた、井倉邸。澄んだ青空を背景にして、まるで幸福なお昼寝をしているかのようだ。

依頼主の井倉朋子は、井倉家の一軒家で生まれ育った。

朋子の母の名は井倉ルリ子。一年ほど前に介護施設に入所するまで、井倉家で親子二人で暮らしていた。

ルリ子と朋子の母子関係はとても良好だった。ルリ子の夫が亡くなったときの悲しみは周囲も見ていられないほどだったが、それも母子二人で乗り切った。その仲の良さはまるで、年の離れた姉妹か親友のようだったという。

朋子は結婚と同時に一度家を出たが、朋子もまた、不幸な事故で夫を失い、娘の陽《ひ》菜子《なこ》をつれて再び実家へと戻った。

憔悴《しょうすい》していた朋子を、ルリ子は必死に支えた。人生の伴侶《はんりょ》が早世してしまったときの、底の見えない絶望と失意を、ルリ子は嫌というほど知っていたのだ。

「それから数年前に陽菜子さんが一人暮らしを始めるまで、お母さんと朋子さん、そして陽菜子さんの三人が、この家で暮らしていたんですね」

玄関横に広がる庭には、よく肥やされた色合いの土壌が整備され、来る春の苗植えを待ちわびていた。

昔は家族みんなで、仲睦《なかむつ》まじく家庭菜園をしていたのだろうか。自分たちがそれぞれ選んだ苗を笑顔で植えて、毎日水やりをして。

「そうだね。人付き合いもよくて、いつも笑顔に溢《あふ》れていて、素敵な家族だったって、みんなが話してた」

家族の構成を変えても温かくすべてを包み込んでいた、帰るべき家。

その家に、今は朋子が一人で暮らしている。

「壱花ちゃん……？」

「――……」

傍らの恭介が、自分の名を呼ぶ。その声さえも聞こえなくなるほどに、壱花は眼前の光景に夢中でシャッターを切っていた。

かつて井倉家の人々が暮らしてきた温かな記憶が、壱花には確かに目の前に浮かんでいるように見えてならなかった。

「壱花ちゃん、目、もう平気？」

「はい……大丈夫です」

朋子が住む住宅街を出た二人は、一度近場の喫茶店へと場所を移した。

こぢんまりとしているものの、内装や流れる音楽が落ち着いたクラシカルな喫茶店だ。

「ご迷惑をおかけして、本当にすみませんでした。写真撮影にこんなに時間をかけてしまっては、近所の皆さんにも変に思われてしまうかもしれないのに」

井倉邸の撮影を始めた壱花は、周囲の物音も耳に届かなくなっていた。

時折恭介が声をかけていたらしいが、自分は何ひとつ反応を示さなかったらしい。

次に我に返ったころには時間は大幅に経過し、壱花の目はひりひりと乾くような痛みに包まれていた。どうやら瞬《まばた》きさえも忘れていたようだった。

今壱花が目元に当てているのは、恭介が店員に願い出て用意された冷たいおしぼりだ。

「迷惑なんて全然かかってないよ。それだけ壱花ちゃんが写真撮影を通じて、朋子さんたちの心に寄り添ってくれたってことでしょ」

降ってきたのは、至極優しい言葉だった。

項垂《うなだ》れていた顔を起こせば、対面席に座る恭介が柔らかく目を細めている。

「きっと壱花ちゃんは、そのときのとびきり美しい一瞬を、しっかり心に留《とど》めておきたい人なんだね。だからこそ、カメラのファインダー越しに映る世界に深く深く没入できる。それが人のための撮影とあらば、尚更《なおさら》だ」

目を丸くする壱花の手から、恭介がそっとおしぼりを抜き取る。ぽんぽんと優しく壱花の目もとを冷やしたあと、満足げによしと頷いた。

「だけど、頼んだ立場でこんなことを言うのも可笑《おか》しな話だけど、無理だけはしないで。感情を揺すぶられるのは、それだけ壱花ちゃん自身にも負荷を与えてしまうだろうから」

「……！」

「君に心を砕いてもらってまで撮ってほしい写真はない。これだけは、どうか覚えておいて」

「……はい。わかりました」

「それじゃ、とりあえずオーダーを決めようか。どれもかなーり美味《おい》しそうだよ」

言われるまま覗《のぞ》き込んだメニュー表から、壱花はローズヒップティーを、恭介はシトラスティーを頼んだ。

そのあともとりとめのない話を交わしていると、撮影で高ぶっていた感情がいつもの場所に収まっていることに気づく。

「恭介さんって……本当に恰好《かっこう》いい人なんですね」

「うん？」

思わずしみじみ呟《つぶや》いた壱花に、恭介はシトラスティーをごくりと音を立てて飲み込んだ。

「あれれれ。まさか壱花ちゃん、恭介サンが超絶恰好いいイケメンだって事実に、今まで気づいていなかった？」

「もちろん、容姿端麗なイケメンさんだということは理解していましたよ。ただ、見た目と中身はやっぱり別物じゃないですか」

ローズヒップティーで喉《のど》を潤しながら、壱花は微笑を浮かべる。

「私は捻《ひね》くれ者だから。美男美女は自信満々でいいな、私みたいな人間なんてきっと無意識に見下されてるんだろうな、なんて考えてしまうんです。世の中の美男美女さんには本当に申し訳ない、卑屈で勝手な先入観なんですが」

「なるほど。まあ確かに、そういう考えを持つ人もいるだろうねえ」

「だけど恭介さんのお陰で、今は少しだけ……そんな捻くれた心が溶けていっている気がします」

それは今まで感じることのなかった、不思議な感覚だった。

片意地を張って必死に守り続けてきた自分の心の鎧《よろい》に、そっと一輪の花を差し出されるような、そんな感覚だ。

「恭介さんがたくさんの人を魅了してしまうのは、きっと内側の優しさが透けて見えるからなんでしょうね。モテる人は外側だけじゃないんだなあって、わかった気がします」

「……壱花ちゃんは、俺が優しい人間だと思うの？」

「はい、もちろん。そもそも優しい人じゃなければ、手製本編纂《へんさん》館の館主は務まりませんから」

どこか呆気《あっけ》にとられた表情の恭介に、壱花は迷わず頷《うなず》く。

「私は自分にも他人にも厳しいくせに、そんな本音を口にすることは恐くてできない。そんな面倒な性分ですから、恭介さんの自由で優雅な人となりは、見ていて少し憧《あこが》れます」

「…………」

「……もしかして、気を悪くされましたか？」

「や、そんなことないよ。壱花ちゃんがそんなふうに考えてくれてたことが、少し意外だったというか何というか」

くるくると手元のシトラスティーをストローで遊んだあと、恭介はにぱっと子どものような笑みを浮かべた。

「むしろ、壱花ちゃんにそう言ってもらえて、なんだか結構嬉《うれ》しいかも。壱花ちゃんは俺の恋人だから、喜びもひとしおなのかなあ」

「恋人役ですけどね。恋人役」

「壱花ちゃんってば相変わらず修正がお早い……、あ。来た来た」

「え？　来たって何が……」

恭介の言葉と店内に奏でられた鐘の音に、視線を扉へと向ける。

そして喫茶店に入ってきた数名の客人らしき姿に、壱花は大きく目を見開いた。

「こういうお店で話せるのも随分と久しぶりよねえ。朋子、イオリ、席はここでいい？　せっかくだから、ガーデニングが見える窓際席で！」

入ってきた一人目は、恐らく壱花ははじめましての中年の女性。

「ええ。あらあら。庭にはもう、綺麗《きれい》なお花がたくさん並んでいるのね」

二人目は、先日の手製本制作の依頼主である、井倉朋子。

「私もその席で問題ないわ。素敵な喫茶店ね。何を頼もうかしら」

そして三人目は、今日も艶《あで》やかな着物姿がとてもよくお似合いの編纂館メンバーの一人、伊緒莉だった。

まるで長年の旧友のような空気をまとった三人組は、壱花たちの横を通り抜け、背中合わせのボックス席に腰を下ろした。朋子が壱花たちの存在に気づかなかったのは、伊緒莉がそれとなく視界を塞《ふさ》いだからだろう。

「きょ、きょ、恭介さんっ。今来店されたお客さんの中に、朋子さんと伊緒莉さんがいらっしゃいました……！」

「だね。実は俺、伊緒莉から前もって連絡を受けてたんだ。朋子さんとその友人と一緒に、この喫茶店に向かってるところだってね」

「いやいやいや。どうして伊緒莉さんが、朋子さんとそのご友人と一緒にいるんですか？　お三方はもともとお知り合いだったんですか……⁉」

「違う違う。あれが俗にいう『ぬらりひょん』の十八番《おはこ》だよ」

極限まで声を潜めて交わす会話によれば、ぬらりひょんである伊緒莉はよくこの手を用いるらしい。

古来伝わるぬらりひょんは、他人《ひと》さまの日常に違和感なく溶け込み、馴染《なじ》み、交流する。その能力を存分に活《い》かすことで、手製本制作に必要な情報を入手するのが伊緒莉の役割かつ趣味なのだと。

客観的に見れば、伊緒莉の抜きん出た美貌《びぼう》は明らかに周囲から浮いているが、その違和感すら忘れさせてしまう力が、ぬらりひょんの腕の見せ所なのだろう。

「それでねえ、母さんへのいいプレゼントがないか悩み歩いていたら、街中で偶然見つけたのよ。世界で一冊の手製本を作ってくれる、素敵な編纂館を」

オーダーを済ませた三人席から聞こえてきた話題に、壱花ははっと息を呑《の》んだ。

「へえ、世界で一冊の手製本。それはまた、面白いコンセプトのお店があるものねえ」

「そうでしょう？　もともと母さんには、自分で写真を選んでアルバムを贈ろうかと思っていたんだけど、せっかくなら特別な一冊に仕上げてもらおうかなってね」

「それって前にも話してた、お母さまが今覚えていらっしゃる記憶の範囲の……昔の写真をまとめたアルバムを？」

友人と朋子の話す中に、伊緒莉の問いかけがするりと入り込む。そのとき、誰かのお冷やの氷がカランと崩れる音がした。

「はは……、あーそっか。イオリには前にもちらっと話していたかしらね？」

「朋子のお母さん、過去の記憶が少しずつ薄れていっているってことは前から聞いていたけれど……えっ、そういう考えだったの？　私はてっきり、忘れた過去を思い出してもらうためにアルバムを贈るものかと思ってたよ」

「うーん……でも、今そんなアルバムを受け取っても、母さんはきっと困惑するだけだから」

運ばれてきたティーセットに、静かにお茶を注ぐ音がする。少しの沈黙のあと、朋子は再び口を開いた。

「今度編纂館に写真を持っていく予定なんだけど……実はそのときにね、私の写真と娘の写真をまぜこぜにしてもらおうと考えているのよね」

「えっ」

思いがけない話に、背中合わせに座る壱花も思わず声を漏らす。しかし同じ反応は同席の二人もしていたようで、朋子にこちらの聞き耳を気取られずに済んだ。

「朋子の写真と、陽菜子ちゃんの写真を？　確かに二人ってば、遺伝子パワーがこれでもかと感じられるほど、若いころの顔が瓜二《うりふた》つだけど」

「そうそう。実は今の母さん、私のことを自分の娘とは認識していないのね。代わりに、孫の陽菜子のことを娘だと思ってる。私のことは、施設の職員の一人と思っているみたい」

　残酷な事実を語る朋子の口調は、痛々しいほどに穏やかだった。

「となると、母さんにとっての『娘』はまだまだ、未成年の学生でしょう？　心の平穏を守ってあげるためにも、その設定を崩すような贈り物をわざわざしたくはないのよ」

「朋子は、本当に優しいのね」

　今にも消え入りそうに優しい声色に、続いたのは伊緒莉の声だった。

「昔からそうだったものね。そんな朋子が、私は好きよ。このベリースコーン、分けてあげる」

「あっ、それじゃあ私も、このパウンドケーキを半分あげる！」

「ははは。ありがとう、二人とも」

「朋子がそんなふうに素敵な女性に成長したのも、お母さまが愛情を籠《こ》めて育ててくださったからでしょうね。ねえ、お母さまとの思い出で、一番色濃いものって何かしら？」

プレートのケーキを分け合いながら放たれた話題に、朋子は「思い出かあ……」と短く逡巡《しゅんじゅん》した。

「改めて思い返すと、すぐにぱっと出てこないわね。あ、でも一度、すっごい親子喧《げん》嘩《か》をして家を飛び出しちゃったことがあるのね。それが私の中では結構なインパクトがあって、よく覚えてるわ」

「へえっ、朋子もそんな経験があったんだ！」

「典型的な反抗期よ。うちは幼いころに父さんを亡くしているから、そのことである日、同級生から妙にしつこく同情されちゃってね。当時の私ってば手が付けられないほど落ち込んで」

帰宅した母に散々当たり散らした朋子は、夕暮れ時の街に財布も持たずに飛び出した。しかしその後、呆気なく母に見つかり、家に連れ戻されたのだという。

「そのあとも『母さんと一緒の家にいたくない』なんてひどいこと言ったらね、母さんってば、庭にキャンプ用のテントを張りだしたのよ。『一緒の家が嫌なら、母さんはこれからずっとこのテントで寝起きする。だから一人で夜の街に飛び出すなんて危ないことだけは、絶対するな』って」

「おおー。お母さん、恰好《かっこう》いいじゃん！」

「本当にね。そんな恰好いいこと言われたら、何だか自分がすごく子どもっぽいことに気づいちゃってね。でも素直に謝ることができないまま登校して、帰ったらちゃっかりテントは撤収されていたわ。普通に『おかえりー』って。それで、短い反抗期は終了」

「素敵な思い出ね。この際だから、色々と聞かせてほしいわ。朋子とお母さまの話」

「ふふ。あとはねえ……」

伊緒莉の促しもあってか、その後も朋子の口からは次々と母との思い出が語られていった。

それはときに愉快に、ときに切なく、ときに涙を誘うものだったが、それを口にする朋子の表情はとてもいきいきとしていた。穏やかでどこか寂しげな微笑みを浮かべていた依頼時の朋子よりも、ずっと、ずっとだ。

窓辺から見えていた庭にオレンジ色の日が差し込んできたころ、何度目かの紅茶のオーダーを促した伊緒莉に、朋子は断りを入れた。

「ごめんなさい。気づいたらもうこんな時間になっていたのね。二人も仕事が忙しい中時間を作ってくれたのに、私ばかり話し込んでしまって」

「いいのいいの。朋子ってば聞き上手でいつも私の話ばっかりになっちゃうんだから。たまには私にも聞き役を楽しませてよ」

「ふふ。イオリもありがとう。こんなにたくさん話をすることができて、何だかとてもすっきりしたわ」

「私の方こそ、素敵なお話をありがとう。朋子とお母さまとのこと、ずっと聞いてみたいと思っていたから嬉《うれ》しいわ」

「……ありがと、ね。ほ、本当に……っ」

「朋子っ」

突然震えだした朋子の肩を、伊緒莉と友人が慌てて支える気配が届く。

たまらず壱花が後ろを振り返ると、席を立とうとしていた朋子は力なく席に腰を落とし、すすり声をかみ殺していた。

「二人にこんなに母さんの話ができて……嬉しかった。だってもう、こんな話を聞いてくれる人はいないと思っていたの。娘は専門学校で自分の夢に向かって頑張っているし、母さんはもう私のことを覚えてすらいない。こんな話を聞かされても、きっとみんな、迷惑にしか思わないんだろうって……」

「そんなことないよ！　何でそんな悲しいことを言うの！」

「だって……もう二度と、母さんとこんな思い出話はできない」

朋子の口から零《こぼ》れ落ちたのは、悲痛に満ちた本音だった。

「母さん、私が寂しい思いをしないようにって、ずっとずっと私のことを気にかけてくれていたの。自分のことなんて二の次で、私や陽菜子のことを愛してくれていた。だから今度は私が、母さんを守ってあげたいって心の底から思ってる。嘘じゃないの。なのに……それなのに……」

「朋子……」

そこで途切れた言葉に続くはずだった想いは、その場にいた者全員が深く理解していた。

大切な母の心の平穏を守るためにも、無理やりに過去の記憶を呼び戻すことはしたくない。しかし、それとは別に、自分と過ごした日々のことを忘れてほしくはない。

しばらくして落ち着きを取り戻した朋子は、周囲に詫《わ》びを入れながらそそくさと喫茶店をあとにした。

長らく店内に残っていた恭介と壱花は、窓辺から遠ざかっていく依頼主の背中を見守っていた。

「朋子さんが本当にお母さんに贈りたかったもの……ようやく見えてきたような気がします」

「そうだね。問題は、それをどうやって手製本という形に収めるかだけど」

「確かに」

朋子の中で今もせめぎ合っている二つの想い。片方を立てればもう片方が立たない。いったいどうやって手製本制作を進めていくのが正解なのだろう。

「ここまでは、さすがは伊緒莉って感じで調査を終えることができたしね。壱花ちゃんはそんなに難しい顔をしていないで、明日《あした》から始まる手製本制作に集中できるように、今日は早めに休むこと」

「え？」

飲み物のオーダー記載ですっかり埋め尽くされた伝票を手にして、恭介がすっと立ち上がった。

「後のことは俺に任せて。手製本の企画構成は、この俺の担当なんだから」

太陽が昇りはじめた早朝に編纂《へんさん》館を訪れたのは、これが初めてだった。

スタッフ用の裏口から中へ入ると、まずは小さなエントランス。さらに続く扉の先には、手製本制作用の大部屋がある。

扉のすぐ横に仲良く並べられた三台の机には、メンバー三人の個性が色濃く表れていた。

端に細やかな彫刻がされた焦げ茶色の机は恭介の席。歴史を感じさせる和机が伊緒莉の席。天板にカッターマットが敷き詰められた机がかまじろうの席だ。

「個人の机はあるけれど、作業場所は基本的に自由なの。道具が揃う自分の机を使うこともあれば、立ち作業に向いた大テーブルを使うこともあるし、広間のソファー席を使うこともあるわ。要は、そのときの気分次第ね」

伊緒莉から制作作業の説明を受けていく壱花は、改めて足を踏み入れることとなった世界の裏側にわくわくと気分が高揚していた。

確かに、作業部屋中央の大テーブルには手製本制作に関わる様々な道具が置かれており、複数人で作業を進めるには最適に思われた。

ちなみに、今入ってきた裏口とは反対の壁際にある扉の横にはミニキッチンがある。伊緒莉は日頃ここで、紅茶やお菓子を用意しているのだという。

「依頼を受けた手製本は、恭介の作った企画案をもとに、私がデザインの詳細と使用する素材を決めていくの。そして実際の成形を頑張ってくれるのが、工作担当のかまじろうね」

「はい！　本来ボクのような若輩者が拝受するにはおおよそ力不足ではございますが、今持てる精一杯で務めさせていただいておりマス……！」

伊緒莉の紹介に、かまじろうが大テーブルの隅からひょこりと顔を見せる。両手に備えた鎌《かま》で恥ずかしそうに顔を隠す姿が、可愛らしくもあり勇ましくもあった。

「そうなんだね。もしかしてかまじろうくんは、その鎌を使って工作作業を進めるのかな？」

「そのとおりでございマス。それでそのぅ、僭越《せんえつ》ながら、壱花サマにこちらを……！」

もじもじと身体を揺らしたあと、すっと後ろから何かを差し出される。

壱花の目の前に姿を見せたそれは、美しい一輪の花だった。

桃色一色のそれは根元から伸びた細い茎と三枚の葉に分かれ、細い茎の先には美しい花が咲いている。

それは本物の花と見紛《みまが》うような、コスモスの切り紙だ。

「すごい……まるで本物のコスモスの花みたい。かまじろうくんは、すごい才能の持ち主なんだね！」

「そ、そそそそ、そんなことは決して！　ボクはただただ、無闇やたらに鎌を振り回してきただけでございマスのでっ」

「何を言っているの！　こんなに繊細で素敵な切り紙名人のあやかしさんなんて、かまじろうくん以外にいないよ！」

「……そうでございマスでしょうか？」

茶色の尾で顔を隠しつつ、ちらちらとこちらを窺《うかが》うかまじろうはやはり愛らしい。

かまじろうから贈られた紙のコスモスは、大切に手帳に挟んで仕舞うことにした。

家に帰ったら厚紙に貼り付けて栞《しおり》にしよう。

「これで手製本制作についての大まかな説明は終えたかしら。メンバーも皆揃っているることだし、ここからは具体的な仕事の話を進めるわね」

「え？　あ、でも伊緒莉さん。恭介さんがまだいらっしゃっていませんが……」

「恭介ならもういるわ。あそこに」

「え」

伊緒莉の視線に促され、壱花は広間に続く戸の向こうを覗《のぞ》き込んだ。

ステンドグラスから色鮮やかな日の光が差し込む、日中の大広間。中央に鎮座するソファー席には、広げられたままのノートやペンなどの文具があちこちに散らばっている。

そして対面ソファー席の片割れに、身体を横たえた恭介の姿があった。

顔を覗き込むと、長いまつげは完全に伏せられ、薄く開かれた口からは小さな寝息が聞こえてくる。恐らく子どものころから変わっていないのだろう幼い寝顔に、自然と笑みがこみ上げた。

「恭介は、一度スイッチが入ると寝食忘れて企画書制作に没頭するの。そのあとは力尽きて、大体半日はそのソファー席で眠りこけてしまうわ。迷惑な話ね」

「そうなんですね……」

言われてみると、恭介が今まとっている服は昨日と同じだ。あのあとすぐにこの編纂館に籠《こ》もって、一人企画書を練っていたらしい。

「でもその甲斐《かい》あって企画書は完成したようだし、ソファーから蹴《け》り落とすのは勘弁してあげましょうか」

「蹴り落とす……き、企画書は無事できあがったんですねっ？」

壱花の問いに、伊緒莉は微笑みを浮かべながら数枚の紙を差し出す。

そこに記された手製本の企画書とその構成に、壱花ははっと目を見開いた。

あとのことは任せて。そう自信満々で言っていた恭介の言葉が頭を過《よぎ》る。あの言葉は、決して出任せや誇張ではなかったのだ。

「意外と口うるさい館主さまが寝こけている間に、私もデザイン画に取りかかるとするわ。今回の手製本は主となるモチーフがあるから、ゴールがぶれない分かなり細かなものになりそうだけれど」

「伊緒莉さん！」

作業室に戻っていく伊緒莉に、壱花は意を決して声を張った。

「その、私にも何か、できることはありませんか？」

「壱花ちゃん？」

「何でもいいんです！　ゴミ拾いでも、お茶出しでも、企画書持ちでも、何でも。私、何か少しでもお力になりたくて……！」

「ふふ。可笑《おか》しなことを言うのね。あなたはもう、編纂館メンバーの一員でしょう？」

必死に言い募っていた壱花に、伊緒莉はくすっと笑みを見せた。

「実際の家を目にして、家族の温《ぬく》もりを感じて、写真を撮ってきたのはあなただもの。デザイン画の作成を手伝ってくれるかしら？　壱花」

今回の手製本のメインデザインとなる、井倉家の一軒家。

家族の人数が変わっても、長年一家を支え、繫《つな》ぎ、見守ってきた大切な空間。その舞台を中央に据えて、今回の手製本は紡ぎ出されていく。

「基本の設計はこれでいきましょう。あとは歴代の外観の変化を表すために、使う紙の色味を考慮していくわ」

「あっ、実は先ほど編纂館の郵便受けに、朋子さんにお願いしていた家族写真が入っていたんです。そのなかで家の外観がよく写っている写真といえば、これとこれとこれ、それからこちらですね」

「仕事が早いわね壱花。家の内装は、私が昨日朋子から直接聞いた話があるわ。あの子が幼少のころは、リビングに丸い大きなテーブルがあって……」

伊緒莉が先導し進めていくデザイン作りは、壱花の心音を絶えず心地よい速さに保たせた。さすが数多《あまた》の手製本デザインを担当してきただけあり、その行程はとても理に適《かな》っている。

全体的なデザインのテーマやイメージ、次にページごとのそれらをメンバーで確認・共有し、用いる紙質や色味も大まかに決めてから本格的なデザイン案に入っていく。

今制作しているのは、複数ページに用いられる予定の家の外観と内装のパーツだ。形が決まったため、用いる紙の種類を決めていく。求めている色合いのものだけで、十種類の紙が並べられた。

その後、吟味の結果決まった紙の種類を忘れずに書き留め、全体の構成に合わせて一度並べてみる。その中でさらに何種類か候補の紙を入れ替える工程を経て、ようやく使うべき紙の種類が決定した。

「お疲れさま、壱花。今、休憩の紅茶を淹《い》れるわね」

「ありがとうございます……。伊緒莉さんは、本当にすごいですね。紙の些細《ささい》な違いもしっかり把握されて、何度も何度も組み合わせを吟味されて。私は正直、最後のほうは何が何だかわからなくなっていました……」

「ふふ、ありがとう。でも壱花も、最初の作業とは思えないほど頑張ってくれたわ。

紙の特性の違いなんて、ほとんどの人には興味が湧かないものよね」

「それでも、伊緒莉さんの見立ての眼が本物だということは、素人の私にもわかります」

たとえば、あるときの井倉家の風景を描いた空の色を選んだとき。

そのとき伊緒莉は、恭介が企画案に書き残していたメモに目を留めていた。内容は、喫茶店で伊緒莉が一度席を立ったときに、残る二人で交わしていた、ほんの些細な話だった。当時の家族はリビングの大窓から差し込む陽を浴びながら、川の字になって昼寝をすることが何より幸せなひとときだったのだと。

そのメモから、伊緒莉は机に並べていた青空色の紙の候補から顔を背け、長簞笥《だんす》の奥からいくつかの箱を取り出すと、一心不乱に中身を漁《あさ》りはじめた。あまりの剣幕に、壱花も後ろに控えていたかまじろうも声を掛けられなかったほどだ。

箱の奥底からようやく見つけ出した青空色の紙に、壱花はきらきらと瞬く昼下がりの日差しを見た。

「同じように見える青空色の紙も、組み合わせ次第でこんなに印象が変わるものなのかって。私、感動で鳥肌が立ちました」

「ありがとう。壱花は可愛い人ね」

「……へ？」

はっと我に返ると、こちらを覗き込む伊緒莉の顔が、目と鼻の先まで迫っていた。

じいっと見つめてくる瞳《ひとみ》の中に妖《あや》しい光を見つけ、心臓がぎくりと音を鳴らす。

「この編纂《へんさん》館のメンバーとして恭介が連れてきた、人間の女の子。今までそんなことはなかったものだから、どんな子なのか少し心配していたのよ。でも杞憂《きゆう》だったみたいね。あなたはとても真面目で、誠実で、何より素直だわ」

「そ、そうでしょうか？　自分では、結構素直じゃないと思うことの方が多いんですが」

「そういう自分の中の葛藤《かっとう》がうっかり透けているのがいいのよ。気紛《きまぐ》れにからかって、遊びたくなっちゃうわ。こうして思わず、手を出したくなったりして……」

「え、あ、あの……！」

「……んー……っ」

突然広間から響いた不機嫌そうな唸《うな》り声。

その声に、頬に触れかけた伊緒莉の指先はぴたりと動きを止めた。

振り返った先の扉の向こうでは、むくりと上体を起こしたボサボサ頭の恭介が辺りを見回している。そしてこちらを振り向いた瞬間、寝ぼけ眼《まなこ》が壱花の姿を真っ直ぐ捉《とら》えた。

「お、おはようございます、恭介さん」

「……壱花ちゃん？」

「はいっ」

「こっち来て」

「は、はい……」

これ幸いに伊緒莉と距離を取った壱花は、恭介が座るソファー席へと小走りに移動する。どうやら恭介はいまだに夢現《ゆめうつつ》らしく、ふらふらと身体を揺らしては壱花のことを凝視していた。

「恭介さん、昨晩は企画書作成お疲れさまでした。もしよければ、眠気覚ましのコーヒーを淹れましょうか」

「……壱花ちゃん。企画書、できたよ」

「はい。とても素敵な内容でした。私には到底思いつかないアイディアで、目にしたとき私、心の底から感動しました。朋子さんも朋子さんのお母さんも、きっときっと喜んでくれるに違いありません！」

「壱花ちゃん」

「はい？」

「ご褒美、クダサイ」

そう言うと、恭介はまるで人形のようにカクンと頭を下げ、壱花を驚かせた。

急な二度寝かと思ったが、そうではない。どうやら目の前の成人男性は、撫《な》でられ待ちをしているようだ。壱花の手が、そっと恭介の頭に触れる。

「……今、メンバーのみんなで手製本の制作作業に入っています。恭介さんは安心して、もう一休みしていてくださいね」

「うん……ありがと……」

「恭介さんが書いた企画書の文字、とても素敵でした。朋子さんを思いやる恭介さんの心が伝わるようで、読んでいる私まで優しい人になったみたいでしたよ」

おやすみなさい。小さく囁《ささや》いた壱花の言葉に、恭介はふわりと表情を緩める。

再びソファーに沈んでいった恭介の寝姿に、壱花は笑みを浮かべ、伊緒莉は呆《あき》れたように肩をすくめた。


そして迎えた、新たな新月の夜。

「井倉さま。今宵はお忙しい中お越しいただきまして、誠にありがとうございます」

中央ソファー席へと客人を案内した恭介は、慇懃《いんぎん》な笑顔とともにそう告げる。

初対面時こそ驚きのイケメン館主に圧倒されていた朋子だったが、今日は少し落ち着いた様子で静かな笑みを見せていた。

「こちらこそ。考えてみれば、本を一冊、しかもまったくのゼロから作るだなんて想像以上に大変な作業なんでしょうね。それをこちらの締め切りにわざわざ合わせていただいて、申し訳ありませんでした」

「とんでもございません。今回の手製本制作では、我々も井倉さまの想いに胸を温めさせていただきました」

そう告げた恭介は、傍らに控えていた壱花にそっと目配せをした。

どきん、どきん、どきん。心臓が飛び跳ねるようにして胸を叩《たた》く。

小さく呼吸を整えながら、壱花は手にしていた箱をそっとテーブルに置いた。

「館主さん、これが……？」

「はい。今回、井倉さまの想いを籠《こ》めて作成させていただいた、世界にただひとつの本でございます」

「素敵な箱ですね……その、蓋《ふた》を開いても？」

「どうぞ。中も存分にご覧ください。もし万が一ご希望に添えない場合は、幾度でも修正作業を承らせていただきます」

そうだったのか。初めて耳にした修正作業云々《うんぬん》の話に、思わず小さく目を見開く。

同時に、期待と戸惑いが入り混じる朋子の表情に、なんともいえない感情が垣間見《かいまみ》えた。

朋子は、この本が依頼内容どおりのものだと考えているだろう。

朋子が当初依頼したように、母が現状記憶として認識している内容を切り取ったアルバムを渡せば、母の混乱を避けることはできるかもしれない。

しかし、朋子が真に望む贈り物は、母が忘れてしまった過去も含めた、家族との思い出の時間なのだ。

それらの想いを両立させる、世界にたった一冊の本。

「この本は、縦開きの本なのね」

「そうです。内容の良さを最大限に発揮できる形として、選ばせていただきました」

「あらあらあら。表紙ひとつとっても本当に素晴らしいわ。タイトルまで付けていただいて」

嬉《うれ》しそうに目を細めた朋子が、表紙の文字をそっと撫でる。

本のタイトルは『HAPPY BIRTHDAY TO MY DEAR』。まるで鳥たちの幸せそうな歌声を思わせる、伸びやかで美しい筆記体の文字だ。

「……！　あら、あら！　なんて素敵なの……！」

少し緊張した面持ちで表紙をめくった朋子は、弾むような声を上げた。

現れたのは、何十年も衣食住をともにしてきた、井倉家の一軒家だった。それも、単純な家の絵ではない。

「すごいわ。飛び出す絵本のようになっているのね。うちの家と本当にそっくりよ。

まるで、家のミニチュアが現れたみたいだわ！」

頬をぱっと紅潮させた朋子の様子に、壱花は心の中でぐっと歓喜の拳《こぶし》を握った。

そこにはまるで穏やかな昼下がりを思わせるような、平和な時間を刻む井倉邸の佇《たたず》まいがあった。

飛び出す絵本の要領で立体的な構造を取っており、外壁や窓ガラス、奥側に透けるレースカーテン、庭の塀や植木に至るまでを、忠実に再現している。

色味はすべて、後工程で着色を加えることなく、紙が本来持つもので表現されていた。

すべては繊細な箇所までデザインを作り上げた伊緒莉と、デザインどおりの工作をやってのけたかまじろうの力によるものだ。

「恐れ入ります。井倉さまのご家族は、ご自宅での時間をとても大切にされていたと感じまして、最大限当時のご様子を再現させていただきました」

「そうなんですね。ああ、嬉しいです。本当に」

熱の籠もった息を吐いた朋子が、さらにページを進める。続くページは、朋子の父と母が自宅を建てたときをモチーフとしたページだった。

まだ住み込まれていない新品の自宅には引っ越しトラックが横付けされ、大量の段ボール箱と荷ほどきをする父と母の姿。その母のお腹は、丸く膨れている。

『十九××年十月十日。とある家族が、新しいぴかぴかのおうちに引っ越してきました。今日からこの家が、彼らの家。彼ら家族の大切な場所です。』

「ああ、素敵だわ。絵本仕立てになっているのね」

あの家が見守ってきた、井倉家のみんなのこと。それを歳月を区切って、本の中に立体的に再現していく本だった。

朋子が無事誕生し、初めて家に戻ったとき。あっさりと庭先で立ち上がり、両親を驚かせたとき。幼稚園の登園渋りで母を困らせたとき。

そして――父がこの世を去ったとき。

「とても……とても素敵なページです。きっと父もこんな風に私たちを見守ってくれていたんだろうなという……温かなページですね」

涙を滲《にじ》ませそう言った朋子は、その後もゆっくり当時の思い出を噛《か》みしめるようにしてページをめくっていく。そして、あることに気がついたようだった。

今現在の母の記憶は、娘の朋子が高校を卒業したころをもって途切れてしまっている。

にもかかわらず、この本には続くページがまだまだ残されていた。

「どうぞ、読み進めていただければ幸いです」

「……っ」

恐る恐るといった様子で、朋子は続くページをそっと開いた。そしてすぐに、自身の口元を片手で覆う。

家族の時間はさらに続いていた。どれも細やかに、表情豊かに、風景も鮮やかに。まるでそのときに存在していた風の香り、耳に触れる音楽、肌に届く温《ぬく》もりまでもが感じられる、家族の写真と紙工作がふんだんに盛り込まれた世界だ。

『そして今現在。一人娘はこの家に一人で暮らしています。しかし、彼女にはたくさんの家族がいます。たとえ距離が遠くとも何にも代えがたい、愛《いと》おしい、世界一大切な家族とともに、彼女は今日もかけがえのない一日を過ごしているのです。』

そして最後のページには、再び美しい文字で一言綴《つづ》られていた。

『大好きな、私のお母さんへ』

「朋子さん、泣いていましたね」

「うん。そうだね」

その日の開館時間を終え、壱花と恭介は館内の清掃をしていた。

モップでせっせと床清掃をしていた壱花の小さな呟《つぶや》きに、恭介も静かに応じる。

「朋子さんが一番願っていたことは……お母さんに向かって、もう一度『お母さん』と呼ぶことだったんですね」

最後のページの言葉を目にした瞬間、ずっと堪《こら》えていた朋子の涙がぼろぼろと溢《あふ》れ出した。

嗚咽《おえつ》を交えながら零《こぼ》れる「お母さん」の呼び名はとても温かく、優しく、愛しさで溢れていた。

「お母さんが自分を娘と認識できなくなってから、面と向かって『お母さん』と呼べなくなっていたんだね。人一倍気遣いができて優しい朋子さんだからこそ、『ルリ子さん』と呼ばなくちゃいけないことへの苦しみを口に出せなかったんじゃないかな」

「恭介さんは、そのことに気づいていてあの最後のページの文字を？」

「確信はなかったけどね。ただ、朋子さんが資料として渡してくれた写真。あの一枚一枚の裏に、そのときの思い出がそれぞれ記入されていたんだ」

その思い出の文章から、母ルリ子と朋子の当時の会話が流れてきたのだという。

「お母さん」「お母さん」と嬉しそうに呼ぶ朋子の声が、強く恭介の印象に残っていたのだ。

「絵本アルバムの手製本、とても素敵でしたね。改めて中身を見させていただいて、胸が熱くなりました」

今回の手製本は、純粋な家族アルバムの要素だけではなく、物語を綴った絵本の要素も織り交ぜられていた。

過去の出来事を忘れている朋子の母を、いたずらに混乱させることのないように。朋子の真実抱いている想いを、偽りなく大切に綴ることができるように。

「朋子さんは本当に喜んでくれていた様子でしたが、お母さんはどんな反応をしてくださるでしょう」

「それはわからないね。俺たちにできることは、ただただ依頼主の心に沿った一冊をお届けすることだけだから」

「そうですね……」

そっとまぶたを伏せると、朋子が大切そうに抱えていった手製本の世界が蘇《よみがえ》る。

朋子が生まれ育ち、数え切れないほどの幸せと悲しみを分け合ってきた井倉邸。本の中ではお伽噺《とぎばなし》の一節のように語られる思い出たちは、きっとあの家族の未来を照らしてくれる。たとえ記憶のなかに留《とど》まらなかったとしても。

「私、わかった気がします。何かを作るということは、自分の心と向き合うことと同じなんですね」

広間中央に立つ壱花は、その空間に展示された手製本たちをゆっくりと見渡していく。

依頼主の想いが目一杯に籠《こ》められた、世界でただ一冊の手製本。どの本もどこか誇らしげに佇んでいる理由も、改めて納得できる気がした。

そして最後に行き着いた恭介の立ち姿を視界に入れ、壱花はふわりと笑みを浮かべる。

「今回の依頼を通して、私には一生縁がないと思っていた、温かな家族の愛に触れることができました。手製本制作って、こんなにも素敵なお仕事だったんですね。恭介さんたちが夢中になってしまうのも納得です」

「壱花ちゃん」

「私も、もっともっと編纂館《へんさんかん》のメンバーの一員として力になれるように頑張りますね。とはいえ本業が繁忙期に入れば、どうしてもこちらに通う頻度が抑え気味になってしまいますけれど」

「……じゃあさ。壱花ちゃんも、自分の手製本を作ってみるっていうのはどう？」

不意に告げられた恭介の提案に、壱花は目を丸くした。

「壱花ちゃんが今作ってみたいと思う手製本を、試しに作ってみたらいいよ。実際に一から手順を辿《たど》ってみることは勉強になるし、依頼主側の気持ちをより理解することにも繋《つな》がるからね」

「で、でも私、一冊の本を作るようなアイディアや想像力なんて」

「大丈夫。それに、壱花ちゃんだって今言ってたじゃない？　何かを作ることは、自分の心と向き合うことだって」

「……！」

眼前から注がれる恭介の眼差《まなざ》しは思いのほか真剣で、壱花は小さく息を呑《の》む。

「最初から上手に作ろうなんて気負わなくていいんだ。まずは数ページの小さな作品から、徐々に試行錯誤を繰り返していけばいいんだよ。俺も伊緒莉もかまじろうも、相談があればいつだって力になるしさ」

「そういうものでしょうか？」

「そうそう。壱花ちゃんが作る手製本には俺自身興味があるし、それに……」

少しの間を置いたあと、恭介はそろりと視線を横に泳がせた。

「壱花ちゃんは、人一倍責任感が強い人だから。一度始めた作業は、最後までしっかり完成させなくちゃ気が済まないでしょ？」

「え」

「だとしたら、少なくとも手製本作りが終わるまでは……この編纂館のことも忘れないでいてくれるだろうから」

「…………」

そう告げた恭介は、「さーてーと！　そろそろ掃除も終わりだねえ」と元気いっぱいに背を向けた。

そんな謎のテンションの切り替えをじいっと見つめたあと、壱花はくすりと笑みを零す。

どうやら恭介にとって、壱花の存在は迷惑にはなっていないということらしい。

「壱花ちゃん、今日もお疲れさま。夜遅いから、家まで送っていくよ」

「ありがとうございます。恭介さん」

施錠を確認した二人は、肩を並べて住宅街までの通りを歩いて行く。

新月の夜空を彩る満天の星が、壱花の満たされた心を代弁するかのようにいつまでも瞬いていた。

第三話　永久《とこしえ》に瞬く百年前の星空

「なあんか壱花先輩、最近少し雰囲気変わりましたよねえ」

「え？」

夕焼け色が窓の向こうに広がるオフィス内にて。

事務作業を粛々とこなしていく壱花の耳に、後輩の間延びした声が届いた。

「少し前までは何となーくいつもヘラヘラ笑っていて、それでいて重っ苦しいグレーな空気をまとっているのがお決まりだったのに」

「はは……そうだったかな？」

感心しているのか不満を持っているのかわからない語り口調に、壱花は曖昧《あいまい》に返答しつつ再び作業に戻った。

確かにここ最近、自分の中の意識も少しずつ変わっているのかもしれない。

月無手製本編纂館にカメラマンとして雇われるようになってからというもの、週二ほどのペースであの館に顔を出していた。

新月の夜以外は基本的に来客はないが、手製本の依頼が入っている期間は閉館時もメンバーがせっせと制作に取り組んでいる。

「お疲れさまでした。お先に失礼します」

「はい。仲里さん、お疲れさまー」

今日仕上げる分のデータをすべて打ち込み終え、壱花はオフィスを後にする。

こちらを見つめている後輩の視線に気づいていたが、壱花は気にせずエレベーターに乗り込んだ。


「すみません、遅れましたっ」

編纂館の裏口から入った壱花は、慣れた様子で続く作業部屋に顔を出した。

暗い夜道から急に周囲に溢《あふ》れた暖色灯に一瞬目がくらんだが、すぐに慣れてくる。

そこには例に漏れずに、編纂館メンバーの恭介と伊緒莉、そしてかまじろうの姿があった。

「全然遅れてないよー。壱花ちゃん、今日もお仕事お疲れさま」

「壱花サマ！　お疲れさまでございマスです！」

「今ちょうどカモミールティーを淹《い》れたのよ。あなたの分も用意するわね」

「ありがとうございます、伊緒莉さん。ぜひいただきます」

温かな空気に出迎えられた壱花は、抱えてきた仕事用カバンをそっとひとつの机の横に引っかける。その机は、一人ひと席のルールに則《のっと》って先日用意された、壱花専用の机だった。

分厚いカタログから強制的に選ぶことになったそれは、柔らかな木目が眩《まぶ》しいシンプルな机。揃いの椅子は座面が灰色とベージュの間のような色味になっていて、壱花はひと目で気に入った。

「それじゃあ、今日の手製本の受け渡しは無事に終えることができたんですね」

大テーブル席に腰を据えた壱花に、恭介は笑顔で頷《うなず》いた。

「今回のお客さまは夕方時にしか受け取りにこられなかったからね。壱花ちゃんに会えないのは残念がっていたけれど、くれぐれもよろしくと言伝《ことづて》を残されていったよ。君が撮影した写真も、とても感動している様子だった」

「そうでしたか。お力になれて本当によかったです」

平日の壱花は、基本的に定時以降でなければ編纂館《へんさん》に赴くことは叶《かな》わない。そのためどうしても立ち会えない仕事もあるが、残された客人からの感謝の言葉は、やはり何ものにも代えがたい喜びを与えてくれた。

「あの、実は前から気になっていたんですが。この編纂館はどうして、新月の夜しか開館しないんでしょうか？」

この編纂館では、基本的に新月の夜のみ展示された手製本の自由閲覧及び制作依頼が行われている。受け渡しは可能な限り依頼主の意向を汲《く》んでいるが、編纂館という空間をすっかり気に入っている壱花としては、月一でしか開放されないことが少しもったいないと感じていた。

「それはねえ、闇に包まれる新月の夜が、あやかしたちにとって最も動きやすいからだよ」

カモミールティーの優しい香りをまといながら、恭介が笑顔で言う。

「この編纂館を訪れるあやかしは、基本的に今ある環境に馴染《なじ》めずに悩みを抱え、妖《よう》気《き》が乱れやすくなっていることが多いんだ。もともとこの編纂館はそんなあやかしに向けて作られたから、そのときの決まり事がそのまま息づいているってわけ」

「なるほど。そんなあやかしたちの妖気を宥《なだ》め、心を癒《い》やしてくれるのが、この編纂館で作られた手製本というわけですね」

依頼主自らも気づかない真意を探る能力を持つ伊緒莉に、形なき想いの形を導き出す力に長《た》けたかまじろう、そして何より、したためる文字そのものに力を宿すことのできる恭介。

この三人が揃う編纂館で紡がれる手製本は、長年生きづらい現世を生きるあやかしたちの心の支えになってきたに違いない。

以前手製本制作に関わった雪ん子の雪乃から、数日前に手紙が届いた。

手製本を贈った祖母の体調が徐々にではあるが回復し、山奥で伏せっている時間も驚くほど短くなったのだと。

雪乃の想いが目一杯に詰め込まれた手製本が、その変化の一助になったのならば、こんなに嬉《うれ》しいことはない。

「とはいえ、最近ではあやかしと同じくらいに人間のお客さまも増えているわね」

「だねー。それだけ、悩みを抱えた人間が多い世の中になったってことかな。ときに心が乱れたり自分を見失いそうになったりするのは、人間も同じだからね」

「悩みを抱えた人間ですか……」

あれ、もしかして、それって私も？

壱花は自分自身、人間ながらにこの編纂館へと自力で辿《たど》りついた過去があることを思い出す。思いがけずに提示された自身のお悩み人間判定に、壱花はぱっと顔を熱くした。

「で、でも私は、そんなに悩みがあったわけじゃありませんよ？　確かにあのころは上司と後輩との関係で少しストレスを抱えていましたし、三ヶ月かけて企画書作成したプロジェクトを同僚に横取りされましたし、母からの見合い写真が職場に山のように届くようになって疲弊してはいましたが……！」

「十分でしょ」

「十分ね」

「お労《いたわ》しい……壱花サマ、ささ、こちらのお菓子もどうぞ」

「あ、ありがとうかまじろうくん」

まん丸な大きな瞳《ひとみ》を潤ませたかまじろうから、差し出されたクッキーを受け取る。

頬張ると優しい甘味が口の中で溶けるように染み渡って、じんわりと美味《おい》しい。

平凡な壱花の日常に突如として現れた、美形の二人と愛らしい一匹。そんな彼らと紡いでいく世界でただひとつの手製本制作は、想像以上に魅力に溢れていた。

まだまだ新人で本業が別にある壱花が関われている部分はかなり少ない。それでも、自分が今撮影できる最高の写真が本の一部となり喜ばれることは、壱花にとって何よりも深い幸福になっていた。

「キッキッ！」

「かまじろうくん？」

そのときだった。かまじろうが丸い耳をぴんと立てたあと、素早い身のこなしで編纂館の扉の方へ駆けていった。

小さな身体で扉を器用に押し開けると、舞うように風に吹かれてきた一通の白い手紙がぽとりと床に落ちた。

「恭介サマ。お手紙にございマス。この封筒に、この香り……恐らくは、ええっと、そのう」

「大丈夫だよ、かまじろう。こちらに持ってきてもらえるかな」

何か躊躇《ためら》う様子を見せていたかまじろうに、恭介は笑顔で手を差し出す。かまじろうはそそくさと恭介に手紙を届けると、そのままぴとりと壱花の傍らに身体をくっつけてきた。なんだなんだ。可愛いな。

「恭介さん。そのお手紙は、どなたからでしょう」

「それは今から開封してみてだね。壱花ちゃん、もしも無理だったら、目と耳を塞《ふさ》いでいて」

え？

聞き返すよりも先に、恭介は手紙に何やら指先を滑らせていく。

次の瞬間、ペーパーナイフも使わずに封筒が破れたかと思うと、切り口からもくもくと広がる黒煙がおどろおどろしく宙を彷徨《さまよ》い出した。

「っ、あ、な、なに……!?」

「大丈夫だよ」

不可思議な現象に声を上擦らせた壱花の前に、すっと恭介が割って入る。

現れた黒煙は徐々に中央にまとまってゆき、やがてぼんやりと誰かの顔を象《かたど》るまでになった。

『拝啓　月無手製本編纂館　月無恭介殿』

浮かび上がった顔は、ゆっくりと口を開き語り出した。老人を思わせる、しゃがれた低い声だった。

『本来ならば編纂館を直々に訪れるべきところを手紙にて失礼する。さっそく本題だが、儂《わし》は遠からずその命が尽きようとしている。そのため、本能として残っているひとつまみの悪《あ》しき本性を貴殿の力に委《ゆだ》ねたい。儂の巣くう場所は別途記したとおり。貴殿の来訪を心して待つ。牛鬼《うしおに》』

手紙の内容を読み終えた黒煙の影は、そのまま空に溶けるように消えていった。

「う……うし、おに？」

呆然《ぼうぜん》としていた壱花だったが、聞き覚えのある最後の名に、どくりと嫌な心音が響く。

「牛鬼、というのは。海辺に生息するあやかしの、あの牛鬼でしょうか……？」

「そうだよ。壱花ちゃん、知っていたんだね」

朗らかに頷く恭介に、壱花の背筋がひやりと凍る。

牛鬼。それはつい先日自宅にて、あやかしの書籍の中で目にした名前だった。

海辺に生息するそのあやかしは、元来非常に凶悪なことで知られている。牛の顔に蜘蛛《くも》の身体を持つ巨大なあやかしで、出逢《であ》うと必ず食い殺されるとも伝えられていた。

本に描かれていた恐ろしいイラストに、壱花は反射的に本を閉じてしまったほどだ。

「記載された所在地を見るに、古くから牛鬼の棲《す》み処《か》として有名な海辺ね。命が尽きかけていて、その悪しき本性を委ねたい……ということは」

「うん。今回の依頼は、彼を天に送るための作業になりそうだね」

「え……」

天に送る。思いがけず告げられた言葉に、壱花ははっと息を呑《の》んだ。

「壱花ちゃんは驚いたよね。でも実は、この編纂《へんさん》館ではこういう依頼も珍しくないんだ」

「そ、そうなんですか……？」

「手製本でもたらすことのできる力は、万能じゃない。通常妖力が弱った者には、癒やしの力を送ることで元どおり健やかに暮らしてもらうこともできる。でもそれは、その者がそれを真実望んでいたらの話でね」

壱花の硬い返答にも、恭介はいつもと変わらず軽い調子で笑顔を見せる。

「今回の依頼主は、自らの寿命を悟っている。その上で、体内の残り僅《わず》かな妖気を、癒やしの力で回復するのではなく、浄化してほしいと言っているんだよ」

「そんな……いったいどうしてっ」

「それはわからない。詳しいことは、牛鬼本人に直接会って話を聞いてみるしかないね」

「そう、ですね。まずは、ご依頼主のお考えを詳しくお聞きして……、っ！」

そう答え頷《うなず》いた瞬間、再び壱花の心臓がどくりと嫌な音を鳴らす。

牛鬼の恐ろしい伝説、解説文、そしておどろおどろしい絵柄が、壱花の脳裏に色濃く広がった。

「周辺調査も含めると、おおよそ三日から四日といったところかしら」

「だねえ。悠長にしてられないから、さっそく場所の確認と宿の手配を……」

どくり、どくり。

不穏な音を奏で続ける心臓に同調して、壱花のこめかみにじわりと汗が滲《にじ》む。

徐々に重たくなっていく思考にぎゅっとまぶたを閉ざしていると、無意識に握っていた拳《こぶし》を優しく解く手の感触に気づいた。

「きょ、恭介さん……？」

「というわけで。今回の調査は、俺たち三人で行ってくるよ」

「……えっ？」

慌てて顔を上げた先には、にっこりと笑顔を向ける恭介の姿があった。

「さっきも言ったけれど、今回の依頼主の棲み処は少し遠方だし、数日かけてじっくり調査をしたいと思うんだ。壱花ちゃんにはフルタイムの本業もあるから、そもそも参加が難しいでしょ？」

「で、でも。もしもその依頼内容に、写真撮影が必須《ひっす》だったとしたら……」

「そのときはそのとき。また日を改めて、壱花ちゃんと一緒に撮影場所まで赴けば済む話だからさ」

何やらさくさくと説明を並べていく恭介に、若干の違和感を覚える。

とはいえ、何か言い募ろうとする壱花自身、続く言葉が出てこなかった。

そんな壱花の心中をも汲《く》んだ様子の恭介は、労《いたわ》るようにそっと優しく微笑む。

「心配しなくても、依頼内容はきちんと取り零《こぼ》しなく俺たちが聞いてくるよ。もちろん編纂館に帰還してからは、壱花ちゃんにも手製本制作に協力してもらいたいから、よろしくね？」

「……はい。わかりました」

短く答えると、恭介は小さく壱花の頭を撫《な》でる。

その手のひらの温《ぬく》もりはあまりにも優しくて、壱花の胸をぎゅっと苦しくさせた。

「部長。資料作成が終わりましたので、確認をお願いします」

「あ、ああ。ありがとう。終わり次第声を掛けるよ」

若干引き気味な部長の様子も気に留めず、壱花は自分のデスクへ戻った。昼休みに入って周囲が席を立つ中も、壱花は一人黙々と作業を続けていく。

ちらりとデスク横に置いたカレンダーに目を向ける。今日は五月十六日。手製本編纂館の三人が、牛鬼の棲み処がある村へ向かう予定の日だ。

依頼主の手紙を開封した日以降、壱花は編纂館に足を向けられずにいた。恭介から送られた業務上のメッセージには通常どおり応じていたが、それだけだ。

「……はあ」

オフィスから人が出払ったのをいいことに、壱花は午前中堪《こら》えていたため息を大きく吐き出した。

『今回の調査は、俺たち三人で行ってくるよ』

先日告げられた恭介の言葉が、あれからずっと壱花の脳裏を離れなかった。

今回恭介が、あんなにあっさりと壱花の同行を諦《あきら》めた理由。

きっと恭介は察していたのだろう。今回の依頼の同行に、壱花が強い躊躇《ちゅうちょ》を抱いていたことを。

依頼主を天に送る。確かに今回の依頼内容は、編纂館に入りたての壱花にとってかなり衝撃的なものだった。

それでも、同時に依頼主が抱く並々ならない覚悟も感じられた。その心に真摯《しんし》に向き合いたい、自分のできる限りの力で役に立ちたいという想いも、壱花には確かに芽生えていた。それなのに。

私もその依頼に同行します――その言葉が咄嗟《とっさ》に口に出せなかった、本当に本当の理由は。

「こんなんじゃ……編纂館のメンバー失格だよね……」

「は？　へんさん……なんです？」

「うわっ」

誰もいないと思っていたオフィス内で返ってきた答えに、危うく椅子から転げ落ちそうになる。そんな壱花を見ながら、オフィスドア付近で見ていた後輩は面倒くさそうに肩をすくめた。

「朝から重い雲を背負っているかと思いきや、ぶつぶつ独り言まで零しちゃって。相当キテますねぇ、壱花先輩」

「はは……そうだね。迷惑かけちゃって、本当にごめんね」

「そういうところがイラッとするんですよねぇ。二言目には迷惑、迷惑って」

悪意を隠さないその言葉が、靄《もや》がかかっていた壱花の意識を覚醒《かくせい》させた。

「本当はむかついてることが山ほどある癖に、言葉にも態度にも出さないで、愛想笑いでやり過ごしていれば丸く収まるだろうみたいな考え方。どうせ言っても理解できないだろうって、相手に何の期待もしない。それって、相手をめちゃくちゃ馬鹿にする考え方だってこと、気づいています？」

「え……え？」

突然詰問を受けることとなり、壱花は目を丸くする。同時に、意外と明確な悪意を持たれていたのだということにも驚いた。

「それか、めちゃくちゃ臆病《おくびょう》者かどちらかですかねえ。要は、意気地がないんですよ」

「…………」

「だから言いたいことも言えなくて、ただ地味ないい子ちゃんでいるしかできない。そういうの見てると私、本当にイライラするんですよねえ」

「本当だ」

「はい？」

「本当に……そのとおりだねえ」

再び「はい？」という声が聞こえたが、ゆっくり顔を上げた壱花に後輩の目が見張られたのがわかった。

意気地がないのだ、私は。

本当はそんな自分がずっと、嫌で嫌で堪《たま》らなかった。

後輩からの悪意に満ちたエールに後押しされた壱花は、昼休憩直後には部長に有休申請をしていた。

幸い、ここ数日無心で捌《さば》いた仕事量と日頃溜《た》めこんでいた有休日数、何より壱花のひどい顔色により、申請は思いのほかスムーズに受理された。

そして適当に荷物を詰め込んで電車に飛び乗り、駅に着いたころにはすっかり日は傾いていた。

「ええっと。確か、依頼主からの手紙に書いてあった住所は、この方向で合ってるよね」

スマホの地図と睨《にら》めっこしながら、壱花は夕暮れ時の道を進んでいく。

無人駅で降りてからここに辿《たど》りつくまで、人一人にも会うことはなかった。通ってきた線路はもともと海岸沿いを辿っていたこともあり、幸い海際にはすぐに出ることができた。

海に溶けていく夕焼けはもうじき水平線の向こうに隠れ、空に夜を連れてくる。街灯のほとんど立たない道はいよいよ薄暗く、少し先の景色を確認するのも難しくなってきた。

今壱花を包み込んでいるものは、海岸に打ち付ける波の音と、潮の香りだけだ。

「恭介さん、伊緒莉さん、かまじろうくん……三人はもう、あやかしさんのところに到着してるのかな……？」

自分を勇気づけるために三人の名を出したものの、続けて口にしたあやかしの言葉に壱花の心がぶるりと身震いする。

あやかしは恐い。恐い。絶対に近づいてはいけない。

条件反射のように浮かんでくる恐怖心は、まるで呪いでもかけられたかのようだ。

それでも冷静になればなるほど、この考えは失礼が過ぎる。壱花は過去あやかしに何かひどいことをされたわけでもないし、単に驚かされた経験だってないのだ。

「そうだよ。だって現に、あやかしを目にすることができたのだって、編纂館《へんさんかん》を訪れてからが初めてのことだったし……」

『壱花。忘れないでいて』

『あやかしは恐ろしい存在だ。だから決して、彼らに関わってはいけないよ』

「……え？」

自分の声じゃない。誰かの声が、ふと頭を過《よぎ》る。

誰の言葉だろう。それとも、自分の恐怖心が作り上げたただの幻聴だろうか。

「っ、い、たたた……っ」

ずきり、と突然走った刺すような頭痛に、壱花はこめかみを押さえる。

強まる痛みを逃がすように俯《うつむ》いたとき、シャラリと爆《は》ぜるような音とともに鈍色《にびいろ》の光が小さく届いた。

「あっ、編纂館の鍵《かぎ》……」

首元から滑り落ちるように顔を出したのは、チェーンに下げられた鍵だった。恭介から編纂館メンバーの証《あかし》にと手渡された、編纂館に通じる不思議な鍵。

編纂館メンバーの中でも恭介は人間だが、他の二人はあやかしだ。妖艶《ようえん》な雰囲気をまといつつ周りを気遣ってくれる伊緒莉と、愛くるしい見た目と両手に備わる鎌《かま》とのギャップが素敵なかまじろう。

その者が恐ろしいかどうかは、その心と行動から、己の目で見極めるべきことだ。

いつの間にか頭痛は引いており、再び壱花は続く道を歩き出した。徐々に砂浜は粒の大きな石や岩石になり、両脇に植わる茂みが濃くなっていく。先ほどまで頭上に広がっていた星空も、進んでいくうちに木々の枝葉が重なり、すっかり見えなくなってしまっていた。

「恭介さん。伊緒莉さん、かまじろうくん……」

まるでどこまでも続くかのような暗闇の中で、再び仲間の名を呼んでみる。

「どこにいるんだろう……もしかして、この森の先じゃないのかな……、あっ」

次の瞬間、急に目の前が眩《まぶ》しくなった心地がして、大きく後ずさる。すると、ぬかるんだ道脇にずるりと足を取られた。

「ひゃっ⁉」

「壱花ちゃん‼」

突然の大きな声が、周囲の森に反響する。

いつの間にか閉ざしていたまぶたの向こうから感じる、誰かの熱く乱れた吐息。

そろりと目を開いていくと、像を結んだ人物の姿に壱花は息を呑《の》んだ。

「きょ、恭介さん……？」

「はあ、はあっ、あーもー……焦ったよマジで」

普段なかなか見られない焦燥を見せる恭介の姿に、壱花は慌てて状況を確認する。

バランスを失った壱花の身体を抱えるように、恭介は地面に座り込んでいた。暗がりで確認できないが、もしかしたら衣服もかなり汚れてしまっているかもしれない。

「森から人の気配がすると思って来てみたら、まさかの壱花ちゃんがいるんだもん。そしたら急に一人で転んじゃうんだからさ。本当壱花ちゃんってば、しっかりしてるんだか抜けてるんだか」

「ご、ごめんなさい。恭介さん、私を庇《かば》って……！」

「はは、このくらい平気平気。それより、こんな暗い夜の森を一人で歩き回ることのほうがよっぽど危ないってこと、壱花ちゃん、わかってる？」

軽い調子ながらも壱花を諭すその様子は、いつもと何ら変わりない。

そのことに何故か強い安堵《あんど》が広がり、目の奥にじわりと熱が集まってくる。

甘えたその熱を抑え込むように目を瞑《つぶ》ったあと、壱花は再び恭介と向き合った。

「壱花ちゃん？」

「……ごめんなさい恭介さん。私、逃げ出そうとしました」

口から零《こぼ》れる言葉は、気づけば微《かす》かに震えていた。

情けない表情だろうとわかっていつつ、壱花は顔を上げたまま言葉を続ける。

「本当はすごく恐かったんです。今回依頼された方の心に、誠実に、真摯《しんし》に向き合いたい。その気持ちに嘘偽りはありません。それでもどうしても……牛鬼というあやかしに相見《あいまみ》えることが、恐くて恐くてたまらなかったんです……！」

それは、編纂館メンバーとしてあってはならない、本音の吐露だった。

「あやかしが皆凶悪で恐い存在じゃないって、頭ではわかっているのに。どうしても真っ先に出てくるものは恐怖心で、どんなに自分に言い聞かせてもそれは変わらないんです。私も、編纂館のメンバーの一人なのに……」

「うん。でもそれは、仕方のないことだよ。そんな状態にもかかわらず、君は初対面の雪ん子の彼女のために一生懸命尽力してくれた。伊緒莉やかまじろうだって、そんな君を認めて慕っている」

「だとしても！　初対面で意図せず怖がられたら、あやかしでも誰でもきっと傷つきます……！」

理不尽に感情をぶつけられることの辛《つら》さを、壱花は知っている。

自分ではどうしようもないことによって、誰かから感情に任せて攻撃されることの痛みを。悔しさを。それなのに。

「なら、俺が君の壁になるよ」

見上げるとそこには、こちらを強い視線で見つめる恭介の姿があった。

「どうしても恐怖が出てきてしまうなら、俺が君の壁になる。その間に壱花ちゃんは、乱れた感情を整えればいい。そうやって互いを助け合うことは、悪いことじゃないでしょ？」

「恭介さん、でも」

「自分一人で、何でもできなくちゃいけないわけじゃないよ」

夜の暗がりの中で、恭介の笑顔だけが何故かはっきりと映った。

「現に編纂館だって、それぞれ得意な仕事を割り振ってみんなで力を合わせてる。一人で何でもできる、生きていけるなんて考えは、ただの驕《おご》りじゃないのかな」

「……！」

心の根元に宿るこの恐怖に打ち勝たなければ、編纂館の仲間として、到底戻ることなんてできないと思っていた。

そのことが何より恐かったのだと、今気づいた。

「私……編纂館にいてもいいんでしょうか」

「もちろん。それにさ。壱花ちゃんは俺の恋人でしょ？　だからむしろ恭介サンとしては、もっと頼ってほしいし、甘えてほしいくらいだよ」

「…………」

さも当然と言わんばかりに胸を張る恭介に、一瞬虚を突かれる。

「その設定、すっかり忘れていました」

「ちょっとちょっと、駄目でしょ忘れちゃ。最近じゃ俺、他の女の子と遊ぶことだってしていないんだからね？　前の電話のときだけじゃないよ。あれからずーっと」

「え、そうだったんですか？　あくまで振りなんですから、そこまで徹底しなくても」

「いいの。俺が自分で決めただけだから。……そういう壱花ちゃんは、他の男と遊んだりしてるわけ？」

「あはは。私と遊びたい男の人が、いったいどこにいるっていうんですか？」

「ここに一人いますけどー」

「恭介さんはノーカンです。彼氏サマですから」

少しの沈黙の後、同時にふっと笑みを零した。ここ数日の悩みごとが、夜の空気にじわりと溶けていくのがわかる。

すると次の瞬間、暗闇から何かが大きくうごめく気配が届いた。

「恭介さん……今、何かが動いたような」

「壱花ちゃん下がって」

落ち着き払った恭介の言葉の直後だった。

悲鳴に似た大きな鳴き声が、夜の静寂を容赦なく引き裂いた。

微かに映る視界には、森の木々の影を覆うほどの巨大な影。あまりに突然すぎる恐怖の襲来に、壱花は咄嗟《とっさ》に悲鳴を上げることもできなかった。

夜風に大きく揺れる木々の隙間から、淡く白い月の光が差し込む。

地を這《は》うように動く、長い八本の脚。胴に生えるしま模様を描いた無数の毛。ぎょろりと辺りを見回す、おどろおどろしい牛の顔。

そこに淡く照らされた巨体は、ほんの一瞬書籍で目にしてすぐに逸《そ》らしてしまったあやかし――牛鬼の姿だった。

「あ、あ、あ……」

「依頼主のご登場だね」

すっかり腰が抜けてしまった壱花の傍らに、恭介が静かに膝《ひざ》をつく。頭を抱き込むように引き寄せた大きな手のひらは、震え声が漏れる壱花の口をそっと覆った。

「でも残念ながら今日は、先方と約束した日じゃないんだよね。不用意に縄張りに踏み入ったら最後、向こうもうっかり無用な被害を出さないとも限らない」

そうだったのか。確認をおろそかにしたまま棲《す》み処《か》を探し回ってしまったことを、壱花は心底後悔した。

幸い向こうはこちらの存在に気づいていない。それでも、周りは草木が生い茂っている。腰を抜かした自分が、音を立てずにこの場を立ち去るのは困難を極めるだろう。

「わ、私、ここに残ります。なので恭介さんは、ゆっくりここから離れて……っ」

「はは。そんなことできると思う？」

笑みを浮かべながらも、恭介の横顔は真剣だった。

「大丈夫。壱花ちゃん、俺から離れないで」

告げた恭介は、右手人差し指をすっと自身の眼前に差し出す。

そしてさらさらと滑らかに動く指先は、ある漢字一文字を記していた。

何の文字かは、壱花にもはっきりと理解できた。指先で辿《たど》った場所がそのまま、光る線として軌跡を残していたからだ。

「――……《消《ショウ》》」

そう唱えた恭介の声は、まるで海の底で聞くような、不思議な響きをしていた。

次の瞬間、辺りで絶えず揺れていた木々の葉が擦《こす》れる音や、遠くから打ち付ける波の音がしんと静まりかえっていく。

そのあと、恭介に促されるままに壱花は森の中を無事抜け出すことができた。

しかし壱花の心はしばらくの間、恭介の記した光文字の美しさに囚《とら》われたままだった。

「おかえりなさい。恭介、壱花」

「本当にいらしてくださったのですね、壱花サマー!!」

海岸寄りの深い森をあとにし、二人は揃って村はずれの小さな宿へやってきた。
通された部屋では、浴衣《ゆかた》姿の伊緒莉と涙目のかまじろうが笑顔で出迎えてくれた。

壱花の荷物を運び入れた恭介が嬉々《きき》として受付に宿泊手続きに向かった直後、壱花は改めて二人に深々と頭を下げる。

「伊緒莉さん、かまじろうくん。今回は本当にご迷惑をおかけしました。遅ればせながら、私も今回の出張に参加させていただければと思います。どうぞよろしくお願いいたします……!」

「大歓迎よ。遠路はるばる疲れたでしょう。今、お茶を淹《い》れるわね」

「ありがとうございます、伊緒莉さん」

いつもの調子で部屋のお茶を用意してくれる伊緒莉と、嬉《うれ》しそうに壱花の膝元《ひざもと》に駆け寄ってくれるかまじろうに、感謝で胸が熱くなる。

ほうじ茶の落ち着いた香りが鼻腔《びこう》をくすぐる。編纂《へんさん》館を出ても、伊緒莉が淹れてくれるお茶はどれもとても美味《おい》しく、身体にじわりと染み入った。

「実を言うとね、壱花はきっとこの村に来るだろうと思っていたの。あんなふうに突然役目を取り上げられて黙っていられるほど、壱花は簡単な女性じゃないだろうってね」

「お恥ずかしい限りです……」

「いいえ。私は、あなたのそういうところが好きよ」

「でもまさか、到着早々、単身『境の森』に向かうとは思わなかったわ」

艶《つや》めいた眼差《まなざ》しを向けられ、思わずどきりと心臓が跳ねる。

「あの森は『境の森』というんですか」

「そう。人々が暮らすこの村と、牛鬼が巣くう岩礁。そのふたつを隔てる壁の役割を果たしているのが、境の森なの」

駅周辺に見られた穏やかな砂浜と違い、森を抜けた先にある海岸沿いは大きな岩礁が重なり波は荒れ、地元の人間も滅多に寄りつかない。日本各地に情報網を持つ伊緒莉によれば、この界隈《かいわい》に棲まう牛鬼は海岸沿いの村と古くから因縁があるのだという。

「恭介さんが助けに来てくれて、本当に助かりました。もしもあの文字の力がなければ、無事にここに辿りつけなかったかもしれません……」

「あら。恭介の文字の力を見たのね？」

「はい」

恭介は、その手で記す文字に力を宿すことができる。

彼が持つ不思議な力の話は、以前も耳にしていた。それでも、実際に目の当たりにするのは今回が初めてだ。

先ほど虚空に記された文字は『消』。文字が象《かたど》られた瞬間、壱花たちのいる場所一帯が不思議な空気に包まれた。響き渡っていた牛鬼の鳴き声や暴れ回る物音も、耳の奥に膜を張ったように遠く聞こえた。

恐らく恭介は、あの文字の力でこちらの気配を消してくれたのだ。

「恭介さんの書く文字は、温かいですね」

気づけば自然と口から零《こぼ》れ落ちていた言葉だった。

「恭介さんが文字を書く姿を私、初めて見ました。光の軌跡で書かれた文字がきらきらと瞬いて……とても綺麗《きれい》でした」

そして、その文字を書き記す恭介の横顔もまた、本当に綺麗だった。

その鮮烈な光景は、まぶたを閉ざしてもなお自然と浮かび上がってくる。これももしかすると、恭介の文字の力なのだろうか。

「そうでしょうそうでしょう！　壱花サマも、やはりそう思いマスよねっ⁉」

「ひゃっ⁉」

それまで膝上《ひざうえ》で良《い》い子にしていたかまじろうが、突如壱花の胸をよじ登るようにして迫ってくる。

つぶらな瞳《ひとみ》はきらきらを通り越してぎらぎらとこちらを見据えていて、それだけかまじろうが興奮しているのが見て取れた。

「落ち着いてかまじろう。そんなにぐいぐいと圧をかけては、壱花が驚いてしまうわ」

「……はっ！　これはこれは、突然の無作法を大変失礼いたしマシた……！」

「平気だよ。かまじろうくんも、恭介さんの文字が大好きなんだね」

「ええ、ええ！　そのとおりでございマス！　あの文字の美しさと優しさに、いったいどれほどのあやかしたちが救われてきたことか……！」

誘い水を向けられたかまじろうは、初対面での恥ずかしがり屋さんが嘘のようにその力の偉大さを語り出す。

それは壱花が撮影係として勧誘を受ける前の依頼内容が主で、勢いに押されつつも壱花自身興味をそそられるものでもあった。

「かまじろうはこう見えて、恭介の隠れ崇拝者なの。こうなると、恭介本人が帰ってくるまでは止まらないわ」

「伊緒莉さん」

膝の上で夢中で演説を続けるかまじろうに、伊緒莉がこっそり壱花に耳打ちをする。

「それよりも壱花。さっきのあなたの感想、いつか恭介本人にも伝えてあげて。きっとても喜ぶわ」

「そうですか？」

「そうよ。何せあの館主さまは、生まれ持った己の文字の力をずっと忌み嫌ってきたのだから」

「……え」

「たっだいまー……って、え、なになに、この部屋の状況？」

そんな中ようやく戻ってきた恭介の登場で、宿屋の一室に平穏が訪れる。

しかしながらそれによって、伊緒莉に告げられた言葉の真意を確かめることができないまま、就寝時間を迎えることとなった。


明くる朝、さっそく村の人への聞き込みを開始すると、やはり反応は想定されたものとほぼ同じだった。

「はあ。あんたらのような若い人らが、なんでまたこんな寂れた村の調査なんぞを？」

「俺たち、あやかしの伝承の調査をして回っている大学生サークルなんです。この村近くの海岸沿いにあやかしの牛鬼の伝承があると聞きまして、ぜひ皆さんのお話を伺えないかと」

「はあ……大学生ねえ……？」

村のおじいさんが、差し出された偽造名刺を胡散臭《うさんくさ》そうに見た後、同じ眼差しを壱花たちにも向ける。

爽《さわ》やかな笑顔の恭介に、引きつった笑みを浮かべる壱花、艶《あで》やかに微笑む伊緒莉まで見遣《みや》り、おじいさんはそそくさと名刺に視線を戻した。伊緒莉の妖《あや》しくも美しい出《い》で立《た》ちにあてられてしまったのだろう。ちなみにかまじろうは、壱花のカバンの中に入っている。

「確かに、この村には昔々からそんな伝承があるなあ。森奥の岩礁には決して近づくな。さもなくばおっそろしい牛鬼に餌にされっちまうぞとなあ」

その牛鬼は、昔は岩礁を埋め尽くすほどに存在していたらしく、ときに境の森を駆け抜け村に突撃してくるような凶暴な者もあったらしい。

しかし時代とともにその被害も徐々に止《や》み、今となってはまことしやかに子どもたちに教え諭す昔話になりつつあるのだという。

「都会から来たお嬢さん方には、単なる作り話と思われても仕方ねえだろうがなあ。現に牛鬼の被害を受けた者もあると聞く。昔の話だもんで、今はもうそのほとんどが帰らぬ者となっちまったが……ああ、ほらあの子だ。おおい、幸《さっ》ちゃん」

おじいさんが声を張った先には、一人の女の子が佇《たたず》んでいた。

見たところ、年齢は十歳前後だろうか。カットソーにパーカーを重ね、下はジーンズという動きやすい服装。きつめに結われたポニーテールときりっと涼しげな目もとが、少し大人びて見える美少女だった。

「なあにおじいちゃん。私、急いでるんだけど」

「まあまあそういうない。この人たちが、海岸に巣くう牛鬼について調べちょるってんで、幸ちゃんも話を聞かせてあげてくれねえか」

「……牛鬼を？」

柔和な口調のおじいさんとは対照的に、幸ちゃんと呼ばれた少女の返答は剣呑《けんのん》だった。少し距離があってもわかる敵意剝《む》きだしの視線が、こちらへ突き刺さる。

一瞬、壱花と交わった視線にはっと目が見張られた気がしたが、すぐに厳しい眼差しに戻った。

「なによ。こんなときばっかり人のことを当てにして。ひいひいおばあちゃんの話には、みんな聞く耳も持たなかったくせに！」

「いや。当時のことは、俺自身も本当にひどい話だと思って反省して……」

「もう遅いよ！　今さら、しかも他人なんかに話すことなんて、何にもない‼」

「あ……」

もの凄《すご》い剣幕で声を上げると、少女はそのまま道の向こうへと駆けていった。

顔を見合わせる壱花たちに、おじいさんは申し訳なさそうに眉《まゆ》を下げる。

「いやはや、あの子の言うとおりですな。牛鬼にまつわるある事件で、あの子の祖先を辛《つら》い目に遭わせてしまったもので」

「ある事件、ですか。もしよろしければ、話せる範囲でそちらの話もお聞かせ願えれば……」

恭介と伊緒莉はその後も、おじいさんと牛鬼についての話を進めていた。二人の不思議な魅力はやがて他の村人たちも惹《ひ》きつけはじめ、自然と牛鬼の情報が集まっていく。

そんな二人にあとを任せた壱花は、少女が姿を消した村外れの丘へと駆けていった。


そして迎えた夜。

編纂《へんさん》館の四人は、件《くだん》の岩礁地帯に足を踏み入れていた。

深く生い茂る森を抜けたそこは突如広がる星空の光が眩《まぶ》しいほどで、壱花は思わず目を細めてしまう。

「月無手製本編纂館が館主、月無恭介。今ここに参上いたしました」

「人間二人に、あやかし二体……ぬらりひょんとカマイタチか」

ずずず、と海の中から聞こえる音とともに、大きな蜘蛛《くも》の脚が岩礁に乗り上げる。

一歩、また一歩と迫りくる巨大蜘蛛の姿に、震え上がったかまじろうは恭介の背後にぱっと隠れてしまった。伊緒莉はといえば、皆の少し後方で相変わらず美しい笑みを浮かべ佇んでいる。

初対面ではない壱花は森の中ですでに覚悟を決めていたため、今夜はどうにか恐怖に腰を抜かさずに済んだ。それでも、無意識に強張《こわば》ってしまう壱花の手を、恭介が優しく握る。

「奇っ怪よのう。事前の情報で、編纂館の面子《メンツ》は人間一人あやかし二体と聞いていたのだが」

「あ、え、えっと。私は……！」

「最近新しく加わってもらった、仲里壱花さんだよ。写真撮影を担当してくれる、とても素敵な女性なんだ」

「ほほう」

「……っっ」

海から完全に姿を見せた牛鬼は徐々に壱花との距離を詰め、視線の高さまで合わせてきた。

雨上がりの大地を思わせる、じとりと湿った匂いが辺りに漂う。蜘蛛の身体に浮かぶおどろおどろしい牛の顔に見つめられ、壱花はひゅっと息を呑《の》んだ。

それでも、こちらを見据えるぎょろりと大きな瞳に、恐怖とは別の感情が浮かぶ。

優しくて、どこか喜んでいるようにも映る眼差《まなざ》し。それはまるで、かつて過ごしたかけがえのない日々を懐古しているかのような――

「なるほど。妙な巡り合わせだが、これもすべては天の計らい、といったところか」

「牛鬼さん……？」

「安心しとくれお嬢さん。少なくとも編纂館館主が同席するうちはお主に危害を加えることはない。儂《わし》には最早《もはや》その力を突破する力も残ってはおらぬからのぅ」

ため息混じりにそう言った牛鬼は、その巨体を岩礁の上にどさりと下ろした。倒れてしまったのかと一瞬慌てたが、どうやら腰を据えただけらしい。

「して編纂館の若人。此度《こたび》はお主の評判を聞きつけ便りを出したわけだが……儂は具体的に何をすればいい？」

「まずは、今回の依頼についての確認を。牛鬼、貴殿は今回我々編纂館に手製本制作の依頼をされた。その手製本制作により、自身の荒ぶる妖力を沈静させることを理解している。それが引き金となり、貴殿の残り僅《わず》かな寿命を散らす結果になる可能性も極めて高いが――それについて、異論はないかな」

「ああ。すべてはすでに納得済みじゃ。何も異論はない」

牛鬼は、何もかも呑み込んでいる様子だった。今回の依頼が、己の寿命を脅かすことになるかもしれないことさえも。

まぶたを閉ざしながら悠然と答えるその姿に、壱花の胸には何とも言えない歯痒《はがゆ》さが滲《にじ》む。

「己の意思で妖力を扱えないまま生きていくなど、凶悪で気高い牛鬼として耐えがたい生き恥よ。人間を散々喰《く》ろうてきた牛鬼の生き残りであるこの儂が、人間相手に最後の最後で助けを求めるなど、可笑《おか》しな話と思われるだろうがな。同胞が見聞きすれば恐らく、稀代《きたい》の無様な死に際と死後も延々語られ続けるであろう。でもよい。それも含めてすべて、我が人生」

「……嘘です」

「んん？」

「牛鬼さんは……ただの一度も、人間を食べてなんていませんよね？」

全身の勇気をかき集めて、壱花はそう問いかける。

目の前の丸い目が、血走るまでに大きく見開かれた。怯《ひる》みそうになるが、壱花はさらに続ける。

「牛鬼さんはこれまで一度として、人間を食べてはこなかった。けれど最近は妖力の暴走で、人間を襲いたい衝動が抑えられなくなってきた」

「…………」

「だから、わざわざ我々編纂館の力を借りようと考えたのではありませんか。恭介さんが持つ癒《い》やしの力で、暴走する妖力を抑えてもらえるのではないかと。たとえ……その結果として、命を落とすことになったとしても……」

「……何故《なにゆえ》、泣くのだ」

言われて初めて、壱花は自身が涙を流していることに気づく。

慌てて目《め》尻《じり》に集まった涙を拭《ぬぐ》おうとすると、牛鬼の足先が遠慮がちに差し出されていた。壱花は小さく微笑み、そのまままぶたを閉ざす。

目尻に浮かんだ涙の粒は優しく掬《すく》われ、牛鬼の足先を小さく濡《ぬ》らした。

「何と弱々しいことよ。お主が悲しむことではない。涙を流すことも、心を痛めることもない」

「無理です。涙も出ますし、心も痛みます……」

「……本当に、よく似ておるなあ」

牛鬼の口調が、ほんの僅かに和らぐ。

「自分の涙に頓着《とんちゃく》しない様子も、本当によく似ておる。かつてこの岩礁の森に迷い込んできた、人間の少女に」

「人間の少女……」

「ああ。もう百年ほど昔の話じゃ。この岩礁にまだ牛鬼の仲間が数多く巣くっておって、周囲の村人は決して近づこうとしなかった。この岩礁を囲うように木々を植えつけ壁のように覆ったのもそのためだと聞いておる」

人とあやかしとの境の森。その名の由来を知り、壱花は目を見張った。

「二十は超える牛鬼の仲間のなかで、儂はただ一人だけ人間を喰《く》らうことができなんだ。牛鬼の受け継がれてきた伝承に『人を喰らってその生命力を培い子孫を栄えさせん』とある。それができん儂は周囲から見下され爪弾《つまはじ》きにされておった」

「でも、結局牛鬼さんが一番の長寿になっているじゃありませんか！」

「未来は誰に見えるものでもない。また、正論が誰かの心を動かす保証もない」

どこか虚《むな》しい笑みを浮かべる牛鬼に、壱花はきゅっと口を締める。

「そんな折だ。境の森に一人の人間の少女が迷い込んできた。家族のために薬草を取りに入ったらしいが、どうやら生まれつき目が見えない者だったらしい。あちこちに生えた葉に触れては森奥に入り込んでいく姿を見て、心臓が飛び出るかと思うたわい」

当時の様子を思い出したのか、牛鬼は愉快げに身体を揺らす。

「そのとき儂は、舌なめずりをして少女に近づいた。実はその日儂は仲間内からまたこっぴどく虐《いじ》めに遭っていてな。人一人喰らってこなければ棲《す》み処《か》に戻るなと森に追われていたのだ。そんな折に見つけた盲目の少女。初めての狩りには打って付けじゃ。幸い少女は、儂が目の前まで迫っても逃げも驚きもしなかった」

「でも、食べれなかったんだね。その子のことを」

恭介の言葉に、牛鬼は少しの間を置いたあとに頷《うなず》いた。

「儂はなあ、人間を喰らう仲間が空恐ろしかった。そんな恐ろしい存在に己も堕《お》ちてしまうのかと思うと、自分が自分でなくなりそうだった。きっと儂が牛鬼として生まれ落ちたのは前世の業なのじゃろうな。そのときに少女を捜しに出ていた村人に、他の牛鬼に見つかる前にその少女を森から村へ逃がした。そのときに少女を捜しに出ていた村人に、儂は逆に襲われ、その激しい揉《も》み合いのなかで、少女は脚を負傷した。ひどい怪我だったよ。あの時代では、きっともう自由に歩くことも叶《かな》わなかったに違いない」

語り終えると、牛鬼は小さく息を吐き、夜の空を仰ぎ見た。星屑《ほしくず》を散らした美しい光景が、今夜も壱花たちを静かに見下ろしている。

「皮肉なことに、その少女の血の臭いを嗅《か》ぎつけた仲間によって、儂は岩礁に戻ることを許された。その後、少女がどうなったかは知る由もないが……至極生きづらい人生だったことは想像に難くなかろうて」

「牛鬼さん……」

「ふ。年寄りの昔話は無駄に長くていけないな。何の意味も価値もない老いぼれの戯《ざ》れ言《ごと》だ、忘れてくれ。それよりも若人よ。今回の依頼でまだ必要なものがあるのであれば」

「いや。今の話こそ、まさにこの依頼を遂げるために最も必要なものだよ」

まぶたを閉ざし牛鬼の話に耳を傾けていた恭介は、ゆっくりとその目を開いた。

「俺たちが作り上げる手製本は、依頼人が今一等大切に抱いている想いを形にするのが役目。今貴殿は、まだ名を語り合って間もない我々に昔話を語ってみせた。百年前の、何の意味も価値もない老いぼれの戯れ言をね」

「まさか、今の話をその手製本の種にするつもりか？」

にっこり笑顔で返答する恭介に、牛鬼は怒ったような表情で迫る。

所詮《しょせん》老人の曖昧《あいまい》な記憶で語られた戯れ言だ。本に綴《つづ》るほどのものではない。もしもその本が何かの間違いで村の者の目に入ってみろ。ともすると、また再び件《くだん》の少女の名誉を傷つけることになりかねない、と。

「それにだ。件の少女にとって儂との一連のやりとりは、誰にも知られたくなかった経験のはず。それをわざわざ掘り起こそうとするのは……！」

「……『あの出逢《であ》いで、初めて私は、星空の美しさを知ったのよ』」

差し挟まれた壱花の言葉に、牛鬼と恭介は揃ってこちらを振り返った。

背にした境の森の木々が夜風に吹かれ、優しい葉音を奏でている。

「今の台詞《せりふ》は……今日、村で出逢った少女から聞き及んだものです。その子は、おばあちゃんから長年伝え聞いてきた昔話を、今でも大切に覚えているそうです。そのおばあちゃんもまた、自身のおばあちゃんから聞いたのだと。そのおばあちゃんは生まれつき目が見えず……とある事故で足も不自由だったのだと」

「……！」

「牛鬼さん。どうか、私たちに任せてください」

驚きに目を剝《む》いた牛鬼に、壱花は力強く一歩踏み出した。

「私たちが必ず、あなたの生き様を記した手製本を作り上げてみせます。牛鬼さんが百年もの間抱き続けてきた……大切な大切な想いを」


「まさか、あのあと壱花ちゃんが幸ちゃんを追いかけていたとは思わなかったよ」

境の森の道途中、恭介が笑いながらそうぼやいた。

「勝手な真似をしてしまってすみませんでした。恭介さんと伊緒莉さんが居さえすれば、おじいさんたちの話を聞き零《こぼ》すことはないと思ったので」

「いいんだよ。その機転のお陰で、牛鬼のじいさんの真意もきちんと知ることができたんだ」

「そうね。実際あやかしの依頼主には、そもそも会話が難しい者や、人間への嫌悪に溢《あふ》れている者、嘘語りを繰り返して揶揄《やゆ》する者なんかも少なくないの。こんなに円滑に話を聞くことができたのは、とても珍しいことなのよ」

「でも先ほどの話は、牛鬼さんが自らしてくださったことで……」

「いいえ、いいえ。それも恐らくは、壱花サマの傾聴の姿勢を感じられたからこそでございマス。壱花サマから滲《にじ》み出る、慈愛と優しさの賜物《たまもの》デス！」

「……ありがとう。かまじろうくん」

壱花の肩の上にちょこんと乗ったかまじろうに、そっと微笑みかける。

そんな壱花たちの様子をじっと見つめたあと、恭介が「さてと」とひとつ手を打った。

「そうと決まれば、もう少し調査が必要だね。まずはこのまま宿でしっかり休んで、夜が明けたらまた村のおじいさんに百年前の話について知るところの詳細を……」

「ああっ！　そうだ私、うっかりしていました！」

これからの動きについてとりまとめる恭介の言葉に被《かぶ》せるように、壱花は声を上げた。

「すみません皆さん！　私、幸ちゃんから聞いたお話でどうしても確認したい場所があるんです！　恐らくこの森の中のどこかだと思うので、少し探してみます！　皆さんは、先に宿に戻っていてください！」

「ちょ、ちょっと待って壱花ちゃん。こんな夜に一人で森を彷徨《さまよ》うなんて危険極まりないよ。それならやっぱり朝を待ってからに」

「朝になってしまっては駄目なんです！　この村の滞在予定は明後日《あさって》の昼までですよ

ね？　少しでも早く、その場所を見つけておきたいんです！　これは撮影係の、私の役目ですから……！」

壱花自身、どこからこんなにも強い行動力が湧き上がっているのか不思議だった。

それでも、今はただこの真っ直ぐな意思に従っていたかった。残りの寿命と引き換えに己の守り続けてきた生き方を貫かんとする、彼のためにも。

「それでしたら、ボクも壱花サマに同行いたしマス！　この程度の森ならば、そう易々と迷子になることもないかと思いマスのでっ」

「……いや。かまじろうは伊緒莉と先に宿に戻って。壱花ちゃんとは、俺が行く」

思いがけない提案に、恭介以外の三人は揃って目を瞬かせた。

「でも。明日《あした》すぐに村の方へお話を聞きに行くのなら、恭介さんは先に宿に戻って休まれた方がいいのでは……？」

「それは壱花ちゃんだって同じでしょ。特に幸ちゃんへの聞き取りは、壱花ちゃんがいないと恐らく進まないだろうからね。それに、万一危ないあやかしが現れてもいけないし」

「あらあら。この森には先ほど会った牛鬼以外に巣くう者はいないと聞いたけれど？」

「いいから。伊緒莉はかまじろうと先に宿に戻ってて。壱花ちゃん、行こう」

「え、あ、はいっ」

手を掴《つか》まれ進んでいく恭介に困惑しつつ、壱花はその場に残された二人に取り急ぎ別れを告げた。

「よいのでしょうか……」「放っておきましょう」そんな二人の会話が漏れ聞こえてきて、壱花の困惑はますます深まった。

獣道のような細道をずんずんと進んでいく。

何度かその名を呼んだあと、恭介はようやくその歩みを緩めた。

「さて。それで、壱花ちゃんが言っていた『確認したい場所』っていうのは、具体的にどんな場所？」

「もう。それもわからないのに、先陣切って進んでいたんですか……！」

若干息を切らしながら声を張る壱花に、恭介はいつも通りへらりと笑みを浮かべる。

「だーって。壱花ちゃんが何の躊躇《ためら》いもなく俺以外の男と二人きりになろうとするんだもん。何度も言ってるけど、今の君の恋人は俺。でしょ？」

「俺以外の男って……えっ、まさかかまじろうくんも、本気で男の人としてカウントするんですか⁉」

「当然。雄雌でいえば、かまじろうだって立派な雄だよ。それも、壱花ちゃんに明確に好意を持ってる」

「かまじろうくんの好意って、それは明らかに男女のそれじゃなくて友人的なものだと」

「それで？　壱花ちゃんが言ってた『確認したい場所』っていうのは、具体的にどんな場所？」

全く同じ質問を繰り返され、壱花はひとまず反論をやめた。最近気づいたことだが、こうなった恭介は相当に頑固なのだ。

いくら正論で諭したところで暖簾《のれん》に腕押し、馬耳東風、馬の耳に念仏……。

「幸ちゃんから聞いたんです。ひいひいおばあちゃんが森に迷い込んだとき、牛鬼という見知らぬ者が助けてくれたのだと。その人はとても大柄で、親切にも村までの道を背負って送り届けてくれたんですって。そしてその道中に、特別な場所に案内してくれた」

「特別な場所」

「はい。満天の星が、まるで地上に落ちてきそうなほど美しい場所だったそうです」

壱花の言葉に、恭介はほんのわずかに目を見張った。それはそうだろう。壱花は恭介の反応の理由がよくわかった。

「ひいひいおばあちゃんは、生まれつき目が見えませんでした。だから満天の星というのも、言葉の説明で聞きこそすれど、目にすることはなかった。でも、そのときだけはっきりと目に浮かぶようだったそうです。それだけ素敵な場所で、素敵な語り口調で、素敵なひとときだったと。牛鬼さんに描いてもらったその風景が、ひいひいおばあちゃんにとって、一等美しい本物の星空だったんです」

結局その場所に、少女は二度と行くことはできなかった。

牛鬼の話にあったとおり、村に届けられた直後の争いで少女は脚を負傷し一人で出歩くことも困難になった。親に二度と外を一人で出歩かないようにと懇願されたことも大きかった。

加えて、牛鬼は自分を喰《く》らおうとなんてしていない、彼は優しい人だったと擁護する少女の話にも、村人たちは記憶が混乱しているのだと耳を貸さなかった。

「だから昼間の幸ちゃんは、村のおじいさんの問いにひどい剣幕で怒鳴った、か……」

「はい。その後、ひいひいおばあちゃんの話は、その話を信じた一部の家族や子孫たちにのみ語り継がれました。まるで幸せを描く歌のように、大切に大切に……」

そう告げると、壱花は少したどたどしさを残しながらも、幸から聞き及んだ歌を口ずさんだ。

『森のまんなか波音背にし、十ほど進むと木が濃く茂る』

『二十進むと葉が肩触れて、右を振り向きゃそよぐ風』

『そよそよ涼しい海風引かれ、ぱきぱきさわさわカサカサ奏で』

『優しく促すあの人のこおえ』――……」

「優しく促すあの人の声、か」

「はい……」

壱花は幸から聴いた歌だったが、きっと声色もすべて、その高祖母から受け継がれたに違いない。

その声色に籠《こ》められた想いに胸を温めながら、壱花は幾度となく歌を繰り返していた。

「歌の出だし……『森のまんなか』というのは、その言葉どおり、境の森の中央のことかな。そこから歌の語るとおりに歩みを進めていけば、もしかするとその『特別な場所』に行き着くことができるのかもしれない」

「……あっ」

恭介のひらめきに、壱花ははっと息を呑《の》んだ。

壱花はてっきり、当時の秘められた想いを綴《つづ》った歌だと思い込んでいた。でもこの歌の内容がそのまま、『特別な場所』への道標《みちしるべ》になっているのだとしたら。

さっそく森の中央と呼べる位置を地図で確認し、現在地を割り出していく。

そして歌の内容を頼りに歩みを進めていった先に、二人は顔を見合わせた。

「恭介さん、ここって」

「うん。昨日、壱花ちゃんが足を滑らせた場所の近く、だよね？」

思いがけず舞い戻ってきた場所だった。

そういえばあのときは周囲をのんびり眺める余裕もなかったことに気づき、壱花はきょろきょろと辺りを見回す。

「そういえば、あのとき……」

小さく呟《つぶや》き、壱花はそっと上空を仰ぎ見る。

恭介に救出される直前。周囲とは違う、不思議な眩《まばゆ》さを感じたような――

「っ、きゃあっ⁉」

「壱花ちゃん⁉」

突然がくりと足を踏み外した壱花は、大きく身体を傾ける。

昨晩はうまく庇《かば》ってくれた恭介も二度目はそううまくいかず、壱花とともに坂の下へ転げ落ちた。とはいえ、落下の衝撃から最大限壱花を守ってくれたようで、壱花の身体の痛みはほとんどなかった。

「恭介さん……嫌だもう。本当にすみません。一度ならず二度までも……！」

「平気平気。それよか、壱花ちゃんは大丈夫？　どこか捻《ひね》ったとか、怪我したりとかはしてない？」

「大丈夫です。それにしても驚きですね。平坦《へいたん》な道かと思いきや、こんな坂があったなんて」

「坂というか、最早《もはや》これは穴だね。大土竜《もぐら》が掘ったのかと思うくらいの大穴だ」

「あ……」

背中から転げ落ちていた二人は、ほとんど同時に言葉が途切れた。頭上に広がる光景に目を奪われたのだ。

深い大穴の上には、まるで周囲の木々たちを額縁にしたかのような、美しい夜空が広がっていた。

繊細に、明瞭《めいりょう》に光り輝く星たちには、星屑《ほしくず》という言葉がとてもよく似合う。

あのとき感じた異変は、この一帯のみに注がれる淡い星光だったのだ。

「どうして……さっき歩いていたときは、空なんて全く見えなかったのに……！」

「何者かが術をかけていたみたいだね。この大穴に入った者にのみこの星空が見える、隠れ家のような場所を作っていたんだ。誰にも咎《とが》められない一人きりになれる場所が、その誰かには必要だったのかもしれないね」

「一人きりになれる場所……」

恭介の言葉を無意識に復唱しながら、壱花は目の前の光景に心奪われる。

今から百年前の夜。一人の少女と一体の牛鬼が森の中で出逢《であ》った。牛鬼は少女をこの穴へ案内し、少女は初めて星空の美しさを目にできた心地になった。

その記憶は、たとえもう二度と思い出の場所に行くことも、思い出の人に逢《あ》うことができなくても、決して忘れることはなかった。

「好きなだけ撮りなよ、壱花ちゃん。俺は、いつまでも待ってるからさ」

「っ……はい……！」

恭介の言葉に強く頷《うなず》くと、壱花は首に下げていたカメラを夜空に構える。

寝転がった状態で安定しない壱花の身体は、下敷きになっている恭介が支えていた。

パシャ、パシャ、と幾度となく切られていくシャッターの音が、大穴のなかに小さくこだまする。

「あれは……もしかして、春の大三角形でしょうか」

「そうだね。スピカに、デネボラに、アークトゥルス。この季節に一際輝く星たちだ。百年前の彼らも、こんな風に星の話をしたのかな」

「……牛鬼さん……」

切ない想いで胸がいっぱいになるのを感じながら、壱花はシャッターを切っていく。

百年前の彼らを見守っていた星たちをひと欠片《かけら》も取り零《こぼ》すことのないように、強く願いを籠めながら。

手製本の制作作業に入るべく、編纂《へんさん》館の四人は一度東京へ戻っていた。

幸い壱花が取った有休は数日分余裕を持っていたので、制作作業にも大部分携わることができた。

「ページごとの文章を書き起こしたから、壱花ちゃん、一度確認してくれる？」

「はい。でも、私でいいんですか？」

「もちろん。幸ちゃんが心を開いて話してくれたのは、最後まで壱花ちゃんだけだったからねえ」

恭介から渡されたページのラフに書き込まれた文章を、一言一句丁寧に確認していく。

綴られる文章は、たとえ類似するとされる表現の違いひとつでも読み手に大きな違和感を与えることもある。そんな微細な点を確認するのは、その話を最も近くで聞き遂げた者と決められていた。

赤ボールペンを片手に、気合いを入れて仕事に取りかかる。そんな壱花にそっと微笑みかけた恭介は、隣席で作業を進める伊緒莉のそばに寄った。

「伊緒莉。今デザインが固まったのはどのくらい？　かまじろうに回せそうなページがあれば指示出ししてくれる？」

「今固まっているのは、最初の彷徨《さまよ》う森のページと、二人が出逢うページ、村に帰ったあとのページね。先の見開き二ページはかまじろうに引き渡すわ。ここは森の描写で作業が難しいだろうから」

「はっ、しっかり進めさせていただきマス！」

　ぴっと鎌《かま》のついた右手で敬礼したかまじろうは、すぐさま指定された色紙を探しに物置部屋へと姿を消す。

　いつもながら編纂館の手製本制作現場は、普段の少しふざけたじゃれ合いが嘘のように息がぴったりだ。その目は全員真剣そのもので、自分もそのうちの一人なのだという事実が壱花の背筋をぴんと伸ばさせる。

　とはいえ、細かな指示を飛ばしていく恭介の横顔には、ほんの僅《わず》かにいつもと異なる感情が浮かんでいるように見えた。

「恭介さん。何か、気になることでもありましたか？」

「え？」

　壱花の指摘に、恭介がぱっと振り返る。その機敏な動きに、壱花の方が狼狽《うろた》えてしまった。

「私の勘違いならそれでいいんです。ただ、今日の恭介さんがその、いつもと様子が違う……ような気がしたもので……」

　慌てて弁明した壱花に、恭介は少しの間を置いて小さく笑みを零した。それはどこか困ったようにも、喜んでいるようにも映った。

「驚いたなあ。そんな、見るからにテンパってたかなあ、俺」

「そういうわけじゃないんです。ただ何となく、そんな気がしたといいますか」

「落ち着かない気持ちにさせちゃってごめん。確かに、少し焦ってた。この本を早く届けないと、間に合わないかもしれないってね」

「間に合わないって……」

思わず復唱した壱花に、恭介は頷いた。

「牛鬼の寿命が危ういかもしれない。その前に、可能な限り早くにこの本を牛鬼の元に届けたい。それが編纂館の、俺の役目だから」

それからの編纂館は、朝を迎えてもなお稼働し続けていた。

伊緒莉と恭介が共同でページごとのデザインを完成させる度に、細かな部品の制作作業はかまじろうが、大まかな貼り付け作業などは壱花が引き受けた。表紙は厚紙を絶妙に重ね合わせた切り絵を採用し、内部の作業を終えたかまじろうが目にも留まらぬ速さで取りかかる。

爪先《つまさき》ほどの小さな部品もなくさないように、慎重に慎重を重ねながら、ピンセットで丁寧に貼り付けていく。

壱花の撮影した写真からは、星屑の一粒まで特に映えた一枚が採用された。壱花は元より、他三人からも満場一致で選ばれた自信作だ。

　気づけば壱花は机に突っ伏していた。顔をのそりと持ち上げると、作業部屋の細窓からは眩《まぶ》しい陽の光が降り注いでいる。気づけば肩にかけられていた膝掛《ひざか》けがはらりと後ろに滑り落ちる。慌ててそれを拾おうと振り返り、壱花ははっと目を見張った。

　作業部屋の扉の向こうに広がる、展示場の大広間。

　その中央のソファー席で、恭介は一人手製本に文字を書き記していた。

　広間には大きなはめ込み式のステンドグラス窓があり、色彩鮮やかな朝陽が広間を照らしている。その光のなかにいる恭介の姿に、壱花は目が離せずにいた。

　手にされたガラスペンが、さらさらと繊細に動いていく。

　端整な横顔はまつげの先まで美しく、物憂げな表情はどこか儚《はかな》ささえ感じられる。

　ひとつひとつの文字を書き落としていくその様は、何かひどく神聖なものに映った。

「……っしゃー！　終わったあー!!」

「ひゃあっ!?」

「ん？　あれ？　壱花ちゃん？」

　突然広間に響いた恭介の声に、思わず驚きの声を上げてしまう。

　そんな壱花の悲鳴に気づいた恭介が、満面の笑みでこちらに駆けてきた。その表情はいつも壱花が目にしている人懐こくて少し軽薄な彼のもので、密《ひそ》かに安心してしまう。

「恭介さん、おはようございます……というよりも、あれ、私、一人で眠ってしまっていたんですね？　すみません……！」

「あはは、いいのいいの。あと残りの作業はどのみち俺の作業だけだったから。伊緒莉とかまじろうも一旦《いったん》家に帰らせたよ。壱花ちゃんも送ろうかと思ったけれど、起こしちゃうのも可哀そうだなあって思っちゃってさ。壱花ちゃん、この週末は本業もお休みだもんね？」

「は、はい……、って。恭介さん、最後の作業、ということは」

まだ半分寝ぼけている壱花の頭を撫《な》でながら、恭介がにかっと笑みを浮かべる。

「夜までに村到着の電車には、まだぎりぎり時間がある。月無手製本編纂館、再度出張と行きましょうか」

電車に飛び乗ったあとの記憶はほとんどない。

気づけば連日の作業疲れで爆睡していたメンバーたちだったが、伊緒莉の呼びかけでぎりぎり乗り過ごすことなく目当ての駅に降り立つことができた。

無人駅の改札を抜けた先には、紅蓮《ぐれん》の夕焼けが辺りを染める光景が広がっていた。

耳に触れる波の音と漂う海の香りに、徐々に心臓が逸《はや》っていくのを感じる。

喜んでくれるだろうかという期待と不安。それと何より、この手製本を渡したあとに牛鬼が辿《たど》るであろう、逃れられない運命への恐怖。

「壱花ちゃん」

駅近くの浜辺で、恭介が短く呼び止める。

「ここまでの仕上がりになったのは壱花ちゃんのお陰だ。君はもう十分に編纂《へんさん》館の一員として役割を果たしてる」

「駄目ですよ、恭介さん」

壱花はすかさず、首を横に振った。

「私が決めたことです。自分がまだまだ未熟な若輩者だと知っていて、それでも牛鬼さんの決意に触れさせていただくことは、誰でもない、私自身が決めたんです」

しばらくの間無言で向き合った二人だったが、降参したのは恭介の方だった。

「まったく。壱花ちゃんってば、意外と頑固なんだからなあ」

「そうですよ。知りませんでしたか？」

「うん。でも、そんなところも好きだよ。俺は」

あまりにさらりと告げられた言葉に、咄嗟《とっさ》にうまい返しが出てこない。

「あらあら。我らが館主も隙あらば口説き文句を吐けるくらいには回復したようね」

「お陰さまでね。まったく、伊緒莉は相変わらず嫌な言い方をするなあ」

「壱花サマ、ボクも付いておりマスので、どうぞご安心くださいマスよう……！」

「ありがとう、かまじろうくん」

じとっと伊緒莉を見遣《みや》った恭介は、気を取り直したように息を吐く。

「それじゃ、行こうか。依頼主の元へ」

「はい！」

頼もしい仲間の存在が、吹き荒れそうになる臆病《おくびょう》風を優しく制止してくれる。

依頼主が待つ境の森へ、四人は真っ直ぐに進んでいった。


「牛鬼さん？」

木々が茂る森を抜け、先日も目にした岩礁が姿を現す。

夕焼けが水平線に溶けていくなか、きらきらと橙色《だいだいいろ》に照らされた岩場を、壱花たちは懸命に見回した。

「恭介さん、伊緒莉さん、かまじろうくん。牛鬼さんの姿は？」

「こっちはいない。伊緒莉、そっちの岩の影は」

「待っていて。……残念、こちらではないわ」

「恭介サマ！　あちら、あちらの海辺にっ！」

「あ……！」

かまじろうが鎌《かま》を指す方角へ、皆一目散に駆けていく。

岩場に激しく打ち付ける波のなかに、ただ一本、覚えのある蜘蛛《くも》の脚先が見え隠れしていた。その力が溶けて消えてしまったかのような姿に、壱花は背筋がひやりとする。

「牛鬼さん、牛鬼さんっ！　大丈夫ですか、しっかりしてください！」

「無闇に近づくな壱花ちゃん、こちらに下がって……！」

「……なんじゃなんじゃ。騒がしくて敵《かな》わんと思うてみれば、お主らか。編纂館の若人らよ」

「あ……」

ぎぎ、と蜘蛛の脚の関節が曲がったかと思うと、牛鬼の身体がゆっくりと海水のなかから姿を見せる。

ぎょろりと確かにこちらを見据えた瞳《ひとみ》に、壱花は胸を撫で下ろした。

「もう！　変なところで寝ていないでくださいよ！　どこかに行ってしまったんじゃないかって、すごく心配したんですからね……！」

「ふ、何を言う。儂《わし》は元より海辺に棲《す》みつくあやかしぞ。海水に浸ることが日常故、特段妙な寝方でもあるまい」

「だからって脚しか岸辺に出ていなかったら普通驚くじゃありませんか！　ほら、水の中で眠るから息も苦しそうに……」

早口にまくし立てていた壱花だったが、そのうちはっと目を見張る。

今口にしたとおり、牛鬼の呼吸は目に見えて明らかなほどに乱れていた。時折奥歯を噛《か》みしめる隙間から、ぐるるる、と唸《うな》り声に近い吐息が漏れ出る。

そのなかに感じ取れる獰猛《どうもう》な響きに、壱花はびくりと肩を揺らした。周囲に満ちた水辺独特の匂いも、以前訪れたときよりもさらに濃く、重く、淀《よど》んでいる。

「壱花ちゃん。後ろへ。あとは俺が説明するよ」

「……いいえ。私も……私がやりたいです」

手製本を収めた箱を恭介から受け取り、壱花は今一度歩みを進める。

距離を縮めると、一際食い入るような牛鬼の瞳が向けられた。先日見たときには見えなかった、危うげに揺れる赤い色が見て取れる。それでも。

「牛鬼さん。ご依頼に基づき、手製本を作成してまいりました。この世にたった一冊だけの、あなただけの手製本です」

「……ぐ、ぐぐグ、……人間、人間の、ニオイ……」

「牛鬼さん。私が、読んで差し上げますね」

「……もっと……コチラへ、コイ……」

「はい」

躊躇《ちゆうちよ》なく頷《うなず》いた壱花は一歩、また一歩と進み出た。

目の前にまで迫った牛鬼の身体にそっと手を差し伸べる。触れた身体は海水に濡《ぬ》れて少し冷たく、想像よりも柔らかかった。触れた箇所からほんの微《かす》かに、牛鬼の胸奥の震えが届く。

獰猛な牙《きば》が閉ざされた口元から姿を見せるも、壱花はふわりと笑顔を見せた。

「牛鬼さん。あなたに贈る、あなたのための一冊です。この本作りを通して、私もほんの少しだけ……あなたという方の心に触れることができたと思っています」

「グ、グぐ……」

「どうぞ、中身をご確認ください」

そう告げた壱花は箱の蓋《ふた》を開き、底箱にそっと重ねる。

中に収められた手製本は、大きな正方形をしていた。

表紙には布に似た手触りの紙が用いられ、細かな白銀の粒子が含まれている。沈み行く夕陽に照らされたそれは、これから訪れる夜空の美しさを思わせた。

『わたしのすてきなうしおにさん』——恭介に記されたその文字は、この本のタイトルだ。

「『今から百年以上前のお話です。とある村に、目の不自由な少女が森で迷っておりました。』——……」

ゆっくりと開かれた正方形の表紙とともに、鬱蒼《うっそう》とした森が姿を現した。

今よりさらに緑豊かだったという村の人の言葉を元に再現した、百年前の森の風景。その草木をかき分けるようにして顔を覗《のぞ》かせる少女の存在に、牛鬼の目が僅《わず》かに見開かれる。

幸に頼んで集めてもらった様々な手がかりを元に、当時の少女の姿を模した切り絵だった。

その後、道がわからず途方に暮れる少女は、とある存在と出逢《であ》う。

「『その人の顔は、少女にはわかりません。それでも、恐い人でないことだけはすぐにわかりました。声が聞こえる場所から、とても背の大きな人だとわかりました。差し出された手は不思議な触り心地がしましたが、さらさらな毛並みを感じ、乗せられた背中は毛布のようにふかふかと温かいのでした』……」

「……ふ、ふ。毛布、か」

いつの間にか口元に笑みを浮かべていた牛鬼がそう零《こぼ》す。瞳の獰猛な赤色が、ほんの微かに薄まったように見えた。

「『少女は目が見えません。それでも、迷子になった寂しさはその人との時間で不思議と消えていきました。そのとき、ふいに少女を背負ったその人は歩みを止めました。

〈ほら。上を見てみろ〉』」

ぺらりとめくった先のページに、牛鬼は大きく目を見開いた。

そこには、今にもこちらに零れ落ちてきそうなほどの満天の星が、見開きいっぱいに広がっていた。

丸い闇にくり抜かれたようなその星空には、一際輝く大きな星が三角形を作っている。

『〈なあに？　上にいったい何があるの？〉〈星がある。今にも降ってきそうなほど、たくさんの星だ〉〈それはきっとてもいいものなのね。いったいどんなものなの？〉

少女はいつものように質問を重ねました。その人は言葉を続けました。』

美しい星空にじっと視線を落とす牛鬼に、壱花は小さく息を吐いて朗読を続けた。

「『〈星はな、光だ。光は、希望だな。希望は、目の前に伸びる道になる。その道をどうにか見つけて、歩いて、ときに休んで、儂は今もこうして生きている〉〈星は光なのね。それは希望でもあって、道でもあるのね。見てみたい。わたし、見てみたいなあ〉〈儂にはお主自身も、星のように輝いて見える。希望に満ちあふれた、小さな命の結晶だ〉彼の言葉に、少女は頬が熱くなりました。少女は、とても嬉《うれ》しかったのです』……」

「……覚えていたのだな。こんなにちっぽけな、取るに足らぬ儂との会話を」

気づけば牛鬼の瞳からは、止めどなく涙が流れていた。自分も目の奥が熱くなるのを感じつつ、壱花はぐっと感情を呑《の》み込んだ。

「その少女にとっては、大切な大切な会話だったんですよ。だから、この話を信じた数少ない家族にのみ語り聞かせ続けたんです」

「だが儂は、結果として少女を無関係な争いに巻き込んだ。村人に見つかれば最後、無事には済まぬことはわかりきっていたというのに」

「少女は、あなたに会いに行こうとしたそうですよ」

静かに語る壱花に、牛鬼はそっと顔を上げる。

「本当は何度も、あなたに会いに境の森に向かったそうです。その度に心配する家族に止められてしまいそれも叶《かな》いませんでしたが……ずっと心配されていたんです。心優しい牛鬼さんが、さらに心を痛めてやしないかと」

ページはさらに続いていく。大穴から出た二人は森を抜け、徐々に人々が住まう集落へ。そこで突如として繰り広げられた村人との争いでも、牛鬼は少女を必死で庇《かば》ってくれたのだと。

『村の人は、あの人はわたしを喰《く》らおうとしたのだと言いました』

『でも、わたしだけは知っているのです』

『あの人の背中の温かさと、言葉の誠実さと、優しい人となりを——』

「……儂は、そんなに聡明《そうめい》な人格者ではありゃせんわ」

最後の文章を読み終えた壱花は、はっと大きく息を呑んだ。

目の前で静かに壱花の朗読を聞いていた牛鬼から、きらきらと瞬く細かな粒子が飛んでいる。夜の波打ち際で舞い上がるそれは、海風に乗って遥か彼方《かなた》まで運ばれていた。

傍らに控えていた恭介が壱花の肩に手を置き、小さく、でもはっきりと頷く。壱花の胸が、ぎゅっと強く締めつけられる。

「儂《わし》はただ、人間を殺《あや》める勇気がなかっただけの臆病《おくびょう》者じゃ。背中など、他の同胞の背中とそう変わりはせん。何より、儂のせいで痛い目を見たことを忘れたはずはあるまい。それなのに、それなのに……」

「牛鬼さんは、少女との記憶を大切に思い続けていたのでしょう……？」

項垂《うなだ》れていた牛鬼の顔が、はっと上げられる。その大きな瞳《ひとみ》のなかには、星空のように小さく輝く幾多の瞬きが閉じ込められていた。

「難しい理由なんてきっと必要ないんです。彼女もずっと、あなたとの記憶を大切に思い続けていた。ただ、それだけです」

「憎まれているかと思うた。しかしそれもまた、卑屈な己が作り出した幻想だったか」

「っ……牛鬼、さん」

「ああ、温かい」

言葉尻《ことばじり》を震わせた壱花に対し、牛鬼は至極穏やかに微笑んだ。

周囲を舞う光の粒子はいよいよその数を増やし、牛鬼の身体を淡い光で包み込む。

迫る別れを感じ、熱いものがこみ上げてくる。そんな壱花に、牛鬼はふっと笑みを濃くした。

「初めてお主に相見《あいまみ》えたとき、思うたのじゃ。お主の瞳がほんの僅かに、件《くだん》の少女に似ていると」

「……子孫のお嬢さんにも、同じことを言われました」

「ふ。これも何かの巡り合わせか。しかし、冥土《めいど》の土産にここまで極上の書物を持たせてもらえるとは思わなんだ」

差し出した手製本が、牛鬼に静かに手渡される。ぱらり、ぱらりとページをめくる音がする。そのたびに周囲に溢《あふ》れる光が濃くなっていった。

「あの少女は……この本を喜んでくれるだろうか」

「そうだといいなと、心から思います」

「壱花、といったな」

す、と差し伸べられた蜘蛛《くも》の脚が、壱花の頬に触れる。

その感触さえ朧気《おぼろげ》なものになっていることがわかり、壱花の視界をますます歪《ゆが》ませた。

「ありがとうなあ。お主らは儂のちっぽけな矜持《きょうじ》を守ってくれた」

「っ、こちらこそ、牛鬼さんにお逢《あ》いすることができて、嬉しかったです……！」

声を張り上げた壱花に、牛鬼は僅かに驚きを見せたあと、目尻《めじり》のしわを深める。

身体中が眩《まばゆ》い光に包まれた牛鬼は、やがて夜の波の中へと溶けていった。

岩礁の彼らを見守るのは、百年前のあの夜を思わせるほどの、満天の星だった。


「さて。そろそろ行きますかあ」

以前と同じ宿に一泊した壱花たちは、宿主の奥さんに笑顔で見送られた。

「ああ、今日もいいお天気ね」

「本当ですね」

伊緒莉の言葉に頷《うなず》いた壱花は、遠くにきらきらと瞬く水面の光に目を細める。

その光は不意に昨夜の出来事を想起させ、また胸の奥から熱いものがこみ上げるのがわかった。

「壱花サマ」

「ありがとう、かまじろうくん。大丈夫だよ」

小さく歪んだ壱花の表情に気づいたのだろう。かまじろうからの気遣わしげな呼びかけに、壱花は笑顔で応《こた》えた。

昨晩、手製本を無事に届けた直後、牛鬼は光の粒に包まれその生涯を終えた。

手製本もまた同じ光に包み込まれたあと、壱花の手元にふわりと舞い戻ってきた。

それは編纂館《へんさんかん》との契約の履行完了と、その後の扱いを一任する意味があるのだという。

「作成した手製本の行く先は、依頼主に決定権があるからね。手元に大事に持っておく者もいれば、自分とともにこの世から消えることを願う者もいる。そして、この世で誰かの目に触れる機会を求める者も、また多いんだ」

「編纂館に並んだ手製本には、そういった依頼主の願いも籠《こ》められているんですね」

恭介の言葉に、壱花は大切に胸に抱いた手製本の箱を見つめる。

この本も、編纂館の棚のひとつに大切に保管される。そして縁が繋《つな》がりやってきた客人が手に取り、各々の感情を分かち合い、想いは永遠に生き続ける。

月無手製本編纂館。関わりを持ちはじめてしばらく経つあの空間のことを、またひとつ知ることができた気がした。

「潮の香り……とても気持ちいいですね」

「都会の建物に囲まれていると、この光景は宝箱に詰めて持って帰りたくなっちゃうね」

「本当、そうですね」

電車の時間まで余裕を持って出ていた編纂館の四人は、村の人たちへのお礼回りを済ませたあと、のんびり駅までの道を歩いていた。

名残惜しい気持ちを抱えながら潮風を感じていると、「ねえっ」と後ろから声がかかる。

「壱花さん、もう、行っちゃうの？」

「幸ちゃん！」

小さく息を切らしてこちらに駆けてきたのは、幸だった。先ほど幸の家にも寄った一行だったが、ちょうど外出していた幸とは会うことができずにいた。

ぱっと顔を綻《ほころ》ばせた壱花も、少女の元へと駆け寄っていく。

「わざわざ見送りに来てくれたんだね。昼前の電車で帰る予定なの。出発前に幸ちゃんに会えて、本当に良かった」

「……ねえ。前に話していた、百年前のお話のこと」

ぽそぽそと紡がれた幸の言葉に、壱花は耳を澄ませる。

「ひいひいおばあちゃんはね、ずっと村の人から嘘つき嘘つきって言われ続けていたの。でも私は、ずっと信じてた。でも、時々すごく不安になってもいたの。もしも、牛鬼さんが、本当はとても恐ろしいあやかしだったらどうしようって。もしも全部全部、ひいひいおばあちゃんの作り話だったらどうしようって……」

「あなたのひいひいおばあちゃんは、嘘つきなんかじゃないよ」

壱花は、幸の瞳を強く覗《のぞ》き込んだ。

そして手にしていた手製本の蓋《ふた》を開き、幸にそっと差し出す。

「この本は、牛鬼さんの最後の頼みごとで作られた本なの。牛鬼さんも、ひいひいおばあちゃんとのあの時間を、とても大切にしていたよ」

「……ほんと？」

「うん」

ぱらぱらと本のページをめくっていく幸の瞳からは、次第に大粒の涙がぽろぽろと零《こぼ》れていった。

「この本を作ることができたのは、あなたがひいひいおばあちゃんの想いを信じて、守り続けてくれていたお陰だよ。本当にありがとう、幸ちゃん」

「っ、うん……！」

涙でぐしゃぐしゃになりながら、幸は満面の笑みで頷いた。

そのうち幸の母も現れ、壱花たちを笑顔で見送った。

とてもよく似た親子だ。日だまりのように温かな笑顔は、きっとかつての少女とも似ているのだろう。

「壱花ちゃん。そろそろ行こう」

「……はい！」

大きく手を振る親子にこちらも笑顔で応え、壱花は再び海岸沿いの無人駅へと向かう。

潮の香りに混ざる牛鬼の残り香は、心地良さそうに真っ青な快晴の空に吹き抜けていった。

第四話　月無手製本編纂館へおかえり

「だからー。恭介さんとはちゃんとうまくいっているってば」

先ほど入浴を終えた壱花はお気に入りのパジャマに身を包み、通話のやりとりをしていた。

無線イヤホンで会話する傍ら、テーブル上の本をじいっと読み込んでいく。

『そうはいってもねえ。お母さんはあんたが心配なのよ。相手もほら、あんなに恰好《かっこう》いい優良物件じゃない？ もしかしたら、他に別の相手がいる可能性だって』

「恭介さんは人間であって物件じゃないし。少なくとも私の目に映る恭介さんは誠実な人だよ」

『まったく、ちっともわかっていないんだから！ そうやってあんたが売れ残っていたら、いつまで経ってもお母さんの肩の荷は下りないんだからね！』

イヤホンから母のヒステリックな声が震えても、壱花は小さく肩をすくめるに留《とど》める。

その後も適当にいなしたあと、なんとか通話を終えることに成功した。ちらりと部屋の壁時計を見遣《みや》る。もしかしたら、この一年で最短通話記録かもしれない。

「さてと。まずは、紙にしっかりと折り目を付けるところから……」

イヤホンを置き視線を向けた先には、本の作り方が書かれた解説書が開かれている。

最近の壱花は、自宅で過ごす時間のほとんどを勉強も兼ねた手製本制作に費やしていた。

「恭介さんの言ったとおり。知識として知ることと実際手を動かすことは、全然違うんだなあ」

個人的な手製本作りを勧めたのは、編纂《へんさん》館館主である恭介だ。その時は絶対に無理だと思っていた壱花だが、今やその楽しさに想像以上に嵌《はま》ってしまっている。

今回用いるのは、伊緒莉から譲られた白の上質紙だ。

まずは長方形の紙を半分に折る。両角をしっかり重ねた後、指で押さえた中央部分から両端へそれぞれ折り込んでいくのがポイントだ。端から一気に折り目を付けようとすると、反対端に向かう際に微妙なズレが生まれやすい。

その後、別の紙を咥《くわ》えさせた折り目をヘラなどでしごくことで、よりはっきりとした折り目を付けることができる。

折り目を付け終えた紙を見開きに数枚重ね、両端をしつこく整え、そっとクリップで留める。

最後にどきどきと逸《はや》る鼓動を落ち着け、一本筋の折り目にミシンをかけると。

「よーし！　もしかすると、今までで一番きれいに仕上がったんじゃないかな……！」

完成したのは『ミシン製本』という手法の手製本だった。ミシンを用いて、見開きページの紙たちを綴《と》じたものだ。本の紙と綴じ糸の存在が、シンプルながらに個性を引き出してくれる。

「『紙と糸の色の組み合わせで本の表情が変わるのよ』って、伊緒莉さんも言っていたもんね」

とはいえ、いざ本を作ろうとなるとなかなか難しい。

自分の心とも向き合うことになる、手製本作り。

手はじめに本の内容を考え出したものの、これがなかなかどうして決まらない。頭を捻《ひね》ってようやく内容を決めたはいいが、今度はそれを表現する方法とデザインが決まらない。

あまりに進まなすぎて、壱花はひとまず白ページのまま本製作の勉強をすることにした。ミシン製本、その前は簡易的な和綴《わと》じ、さらに前はホッチキスを用いた中綴じ。そのすべては中身の印字のない、いわば手製ノートだ。

今の壱花は手製ノートを量産しつつ、その一冊に本のアイディアを書き連ねる日々を過ごしていた。素材となる写真も撮りためてはいるが、先への一歩が踏み出せないでいる。

本作りの道は、長く険しい。

「改めて考えると、恭介さんも伊緒莉さんもかまじろうくんも、本当にすごい人たちなんだってことがよくわかるなあ……」

本日の作業を終えた壱花は、カバンの中から手帳を取り出す。日付は所々赤ペンの丸で囲われていて、次に来る丸の日は明後日《あさって》だ。

「ふふ。明後日にしっかり編纂館の仕事に集中できるように、明日《あした》のきつい資料作成も頑張ろうっと」

実際、明日予定されている本業の会社の作業はなかなか重量のある内容だ。しかし、こんなにも軽やかな声が出る自分に、壱花自身驚く。

これも、編纂館と出逢《であ》うことができたお陰かもしれない。

そんなことを思いながら、壱花は寝支度のため洗面所へと向かった。


そして、二日後の夜。

怒濤《どとう》の勢いで本業の仕事を終えた壱花は、予定どおり編纂館へと向かっていた。

確か今日は、手製本制作に関する作業は特に入っていない。もしも時間があれば、昨日の手製本制作でわからなかった部分をメンバーのみんなに相談してみよう。

「だって私聞いたもの。この編纂館には妙な噂があるから、あやかしは近づいちゃいけないって」

スタッフ用出入り口に向かう弾むような足取りは、そんな誰かの声によって止められた。

振り返ると、そこには編纂館の扉前で言葉を交わし合う人影がある。

恐らく人間ではない。閉ざされてはいるが黒い翼を背に生やした黄色い瞳《ひとみ》の女性が二人。通り名がすぐには出てこないが、十中八九あやかしだろう。

そんな二人が交わしていた話の内容に、壱花は思わず息を潜めた。

「でも、ここに行けば不安定になった妖力も何とかしてくれるって、風の噂で聞いたよ？」

「だから、それが罠《わな》なんでしょ。味方だと油断させて最後は裏切る。人間が長年よくやってきた、お決まりの流れじゃない」

妙な噂。罠。裏切り？

「あの、すみません……！」

「ひゃっ、びっくりした」

「この匂い……あんた、人間じゃない。私たちのことが見えるの？」

気づけば壱花は、柱の陰から飛び出していた。その二人にも壱花が人間ということはすぐにわかったらしく、どこか侮った視線が向けられる。

「突然お声がけしてすみません。その、この編纂館について妙な噂があると聞こえてきたものですから」

「何よ。あんたに関係ないでしょ」

「関係なくはないんです。実は私、この編纂館のスタッフの一人でして」

刺々《とげとげ》しい印象を与えないよう、言葉を慎重に選びながら話を進める。二人は一瞬驚いた様子だったが、再びじろじろと壱花に視線を向けた。

「ついこの間、仲間内で噂を聞いたのよ。ここで作ったあやかしたちの手製本は、実は裏で件《くだん》の家元に流されているんだって。その手製本を悪用して、あやかしを残さず調伏するつもりなんだって」

「家元？　調伏……？」

「なあに、あんた、そんなことも知らないままここで働いていたの？」

馬鹿にするような笑みのあと、二人はそのまま夜のとばりへと消えていった。

扉前に一人残された壱花は、突如としてもたらされた単語を頭の中でぐるぐると巡らせていた。

「壱花ちゃん。今日はどうかした？」

「えっ」

編纂館での業務を一通り終えたあと。

机で経費処理を黙々と進めていた壱花に、恭介の声がかかった。

「ど、どうかとは、どんなどうかでしょうか」

「うーん。はっきりとは言えないんだけど、なんだかいつもと様子が違う気がしたから。何か悩みごとがあるなら、恭介サンが相談に乗っちゃうよ?」

「止《よ》しなさい恭介。壱花にだって、話したい内容とタイミングというものがあるのだから」

「壱花サマ、ご気分が優れないのデスか? それでしたら、僭越《せんえつ》ながらボクが壱花サマの膝《ひざ》掛《か》け代わりにでも……!」

慌てて駆け寄ってきたかまじろうが、壱花の膝上にぴょんと飛び乗り優しい温《ぬく》もりを分けてくれる。

うっかりほのぼのした心地になった自分に首を振り、壱花は「あのっ」と声を上げた。

「ご心配をおかけしてすみません。実はその、今日ここに来るときに、編纂館前で偶然耳にしてしまったお話があったんです。その内容が、実はその」

「ああ。もしかして、この編纂館はあやかしを騙《だま》している詐欺集団だ、みたいな噂かな?」

「へっ」

まるで穏やかな世間話のように語られた内容に、壱花は呆気《あっけ》にとられる。

「それとも、編纂《へんさん》館の館主は信用ならないとか、ぬらりひょんはどこぞの山から逃げおおせたあやかしの元頭領だとか、カマイタチがとっても可愛いとか。まあ、どれも大体当たってるけどねえ」

「ちょっと恭介、妙な情報まで口にしないでくれるかしら？」

「か、可愛いでございマスか？　それはなんとまあ畏《おそ》れ多い……！」

「えっ、あの、ちょっと待ってください！」

いつものソファー席で着々と用意されていく紅茶セットを眺めながら、壱花は慌てて口を挟んだ。

「皆さん、そんな噂があるということはすでにご存じだったんですか？」

「うん。そもそもこの編纂館は、人間とあやかしが混濁した非常に微妙な立場だからねえ。好意的な噂ばかりじゃないのは当然なんだ」

あっけらかんと告げる恭介は、すべてを受け容《い》れている様子だった。

思えばこの編纂館は人間とあやかしを区別せず受け容れる不思議な場所だ。ここを訪れる前の壱花がそうだったように、あやかしに対して何かしら先入観を持つ者もいる。あやかしとてそれは同じだろう。

「そうだったんですね……私、てっきり誰かがこの編纂館の悪評を流しているのかと思って、焦ってしまいました」

「ははは。それだけ壱花ちゃんが、この編纂館を気に入ってくれてるってことかな」

「はい。だからこそ、さっきの噂にも少し過敏に反応してしまったのかもしれません。ここで制作した手製本は、実は裏で家元に流されている……だなんて、よくわからない内容だったものですから」

苦笑を浮かべながら続けた言葉に、広間の空気が変わったのがわかった。

先ほどまで笑顔で紅茶を飲んでいた伊緒莉はその目を細め、お菓子を食していたかまじろうは口元にその欠片《かけら》を付けたまま表情を強張《こわば》らせた。

そして恭介はといえば、ティーカップをソーサーに戻したあと、ふーっと細く長い息を吐く。

「あ……あの、恭介さん？」

「はー……ああ、なるほどねえ、そういうことか。そろそろ忘れてもらえたかなあ、なんて思っていたんだけど」

両手の甲に顔を伏せた恭介は、しばらくその体勢のまま表情を覗《のぞ》かせることもない。

ようやくゆっくり起こされた顔には、いつもと変わらない爽《さわ》やかな笑みがたたえられていた。

「壱花ちゃん。伊緒莉。かまじろう」

「は、はいっ」

「月無手製本編纂館は、しばらく無期限営業停止だよ」

「……え」

いつもの口調、いつもの声色、いつもの笑顔。

そんな館主の口から出てきたのは、あまりに予想外の通告だった。


「恭介さん！」

編纂館から最後に出てきた恭介を、壱花は意を決して出迎える。

壱花が潜んでいたことに気づいていたのか、特段驚かない様子で恭介は振り返った。

「どうしたの壱花ちゃん。今日はもう先に上がっていいって言ったのに」

「あんな突然無期限営業停止なんて言われて、呑気《のんき》に家に帰れるはずがないじゃありませんか……！」

とはいえ、伊緒莉とかまじろうは何か思うところがあるらしく、素直に恭介の通告を了承した。編纂館を出てすぐに壱花は二人に今回のことを尋ねたが、返ってくる答えは二人とも同じだった。

恭介がそう決めたのならば、自分たちはそれに従うほかない、と。

「ごめんなさい。私が妙な噂を話してしまったから、ですよね？　私のせいで、恭介さんも突然営業停止だなんて決定を」

「それは違う」

痛いほどに握りしめていた拳《こぶし》に、そっと恭介の手が触れる。宥《なだ》めるように拳を解《ほど》いていく手つきはとても優しくて、ほんの少しだけ冷たかった。

「壱花ちゃんのせいじゃない。これは俺自身の問題だよ。実際、前にも似たようなことは何度かあってね。そのたびに今回みたいに営業停止にしてきたから、伊緒莉もかまじろうも納得してくれたんだと思う。俺が何を言ってもきかないことは、経験上わかってるからってね」

「前にも似たことがって……」

それはつまり、月無手製本編纂館を悪く思う存在が居て、定期的に営業妨害の悪評を流しているということだろうか。

「恭介さん自身の問題って、どういうことなんですか？　もしかして、以前交際をお断りした女性から逆恨みされているとか？　恭介さんを想う女性に失恋した男性が、腹いせに攻撃を？　どちらにしても、そんな悪意に屈する必要なんてありません！　私、悪評を流した犯人を見つけ出して、なんとか説得してみせますから……！」

「ははは。気持ちは嬉《うれ》しいけれど、それは駄目だ。絶対に」

笑顔で語る恭介が、強く言い含める。その言葉の重みが伝わり、壱花ははっと息を呑《の》んだ。

「万一それで壱花ちゃんに何かあったら、悔やんでも悔やみきれない。これは俺が俺自身で背負うべき業だから。壱花ちゃんの手を煩わせる気も、巻き込むつもりもないよ」

「で、でも……」

か細く零《こぼ》れた言葉は、結局次の句を繋《つな》げることはできなかった。

足元に落とされた視界で、恭介の影がそっとこちらに近づく。頬に触れた手の感触に促され、壱花は再び顔を上げた。

月明かりがぼんやりと夜空を照らすなか、恭介の茶色の髪がきらきらと瞬いている。

「すっかり遅くなっちゃったね。送っていくよ」

「……はい。ありがとうございます」

いつもどおりの笑顔で告げる恭介に、壱花は素直に頷《うなず》いた。

しかし胸に渦巻く不安を払拭《ふっしょく》することはできないまま、壱花は街灯が照らし出す夜の道を恭介とともに歩き出した。


それから一週間。

編纂館から特段メールや電話の連絡もないまま、壱花は普段どおりの生活に埋没していた。

積み重ねられた仕事の山を片っ端から捌《さば》き続け、周囲も目を剝《む》くほどの作業量を叩《たた》き出している。

「あのー、仲里さん？　すっごく頑張ってくれるのは嬉しいんだけどさ、今日こそはそろそろ昼休憩に出てもらわないと」

「いいえ、大丈夫です。次の仕事、お願いします」

「いやそんな、『次の椀子蕎麦《わんこそば》お願いします』みたいに催促されても……」

弱り切った顔で周囲に救いの視線を向けるのは部長だ。ここ連日壱花が昼食抜きで作業に没頭していることに気づき、上から妙な指摘が入ってはまずいと判断したらしい。

結局周囲からの促しもあって、壱花は昼時間にオフィスからぽいっと追い出されてしまった。

ひとまずいつもランチを済ませるレストランに入り、大窓近くのテーブル席へと通される。

お冷やを飲みながら思考の隙間に流れてくるのは、やはり編纂館のことだった。

無期限営業停止。無期限ということはつまり、営業再開の見通しは立たないということだ。

自分が妙な噂の内容なんて話したりしなければ。悔やんでも悔やみ切れない事実に

ぎゅっと眉《まゆ》を寄せる。

「わかるわ」

対面席から穏やかな声が届いた。

「あんなふうに、いかにも訳ありですって顔で営業停止なんて言われたら、考えたくなくても考えちゃうわよね」

「そうなんです。今回のことだって、そもそも私の軽率な発言が原因なのに、恭介さんってばたった一人で抱え込んでしまって」

「私は別に軽率な発言とは思わないけれど。一人で何でも抱えようとするのを周りから見ているのは、辛《つら》いわよね」

「だいたい恭介さんってばずるいんですよ。人を強引に仲間にしておきながら、急に一人の問題だなんて……って、えっ？」

ごくごく自然に心情を吐露している自分に気づき、壱花ははっと目を瞬かせる。

慌てて対面席に視線を向けると、優雅にお冷やで喉《のど》を潤している人物と目が合った。

「い、い、伊緒莉さん⁉」

「久しぶりね、壱花」

「え、あれ？　どうして伊緒莉さんが私と同じ席に？」

「お店の人が、とても自然に同席に案内してくれたわよ？」

思えばテーブルに置かれたお冷やもしっかり二人分だ。

ぬらりひょんは、元より他人《ひと》さまの日常に入り込むのを得意とするあやかし。様々に思い巡らせていた壱花の跡を辿《たど》り二人席に案内されることは、造作もないことなのだろう。

「ひとまず、料理を決めましょう。お腹が空《す》いてしまったわ」

「あ、はい。そうですね」

にっこり笑顔で余計な小言を封殺された気がしないではなかったが、ひとまずこれ以上の追究は不要だろう。

二人はそれぞれ料理を選び、オーダーを済ませた。男性店員からの伊緒莉に対する熱い視線が気になったが、伊緒莉は軽い微笑みで応《こた》えていた。また一人、この人の魅力の虜《とりこ》になってしまったようだ。

「伊緒莉さんはお元気でしたか。かまじろうくんも、元気にしてるかな」

「お陰さまでね。編纂《へんさん》館の仕事がない分、色々と手つかずになっていた庶務を片付けていたわ。かまじろうも、久しぶりに故郷の森に帰ってみると言っていたわよ」

「そうでしたか……よかったです」

「よかったって顔、していないわよ」

くすりと零した艶《あで》やかな笑みに、壱花は力なく頷く。

「大丈夫よ。今回のようなことは、初めてではないの。きっとそのうち、また気紛《きまぐ》れな館主からの招集がかかるわ」

「伊緒莉さんもかまじろうくんも、大人ですよね。私は、ただただ編纂館に何があったのか、これからどうなるのかと不安になるばかりで……子どもみたいです」

「それは子どもじゃない。素直って言うのよ」

運ばれてきたハーブティーにそっと口を付け、伊緒莉が続ける。

「壱花。あなたが聞いた噂のなかに、『家元』という言葉があったのよね？」

「はい。でも、あれはただの根も葉もない噂なんじゃ……？」

「根も葉もない、というのは誤り。恐らく今回の悪評流布には、恭介の実家が関係しているの」

「恭介さんの実家、ですか？」

「月無一族。あやかし界隈《かいわい》で、この家の名を知らない者はない」

「え……」

「恭介の実家はね、かつて一世を風靡《ふうび》した伝説のあやかし調伏師の家系なのよ」

思いがけない話だった。目を瞬かせる壱花に、伊緒莉は静かに言葉を続ける。

「人間とあやかしが共存していた時代から、人間は多くの文化と技術を手に成長を続けていった。その適応に遅れたあやかしの存在が邪魔になり、それらをまとめて一掃する考えが人間のなかに湧き上がった。そのなかで活躍した存在が――……調伏師」

伊緒莉の瞳《ひとみ》に、微《かす》かに危うい色の光が揺れた。

「一族のなかでも、特に恭介の曾祖父《そうそふ》の力は甚大だった。当時複数いた調伏師家系と対立し、結果、唯一日本に残る調伏師家系にまでなった。曾祖父には、日本中で求められるあやかし討伐を一手に引き受けるだけの大きな力があったのよ。莫大《ばくだい》な特殊能力を用いて、数多《あまた》のあやかしを無に帰すだけの力がね」

「数多のあやかしを、無に帰す……」

容赦のないその表現に、一瞬ぞくりと背筋が冷える。

「そんな曾祖父の功績を、月無の一族は最高の誉れとしていた。その考えに初めて疑問を呈したのが、恭介だったのよ」

「！　恭介さんが？」

「あやかしの命を問答無用でむしり取る曾祖父のやり方は、間違っていたとね。結果恭介は、月無家の異端児として早々に一族を放り出された。それから恭介は、自分の持つ癒《い》やしの力を用いてあやかしを細々と助けることを始めたの。今は編纂館を構えるほどになったけれど、昔はただただ日本中のあちこちを歩き回っていたらしいわ。

いたと」

そこで出逢《であ》う傷ついたあやかしの話を聞き、文字に起こすことで傷を癒やして回って

以前、恭介が話していたことを思い出す。

『実家じゃよく駄目息子だって叱られてばかりだったし』

なんてことないふうに、屈託なく彼はそう言った。まさか家を追い出された過去が

あったなんて、想像もしていなかった。

「そんな事情があるわけだけれど、あやかしたちからすれば恭介はあの月無一族の一

人という括《くく》りに変わりはない。そのこともあって、あやかしたちからの軽微な嫌が

らせは、これまでも珍しくはなかったのよ」

「でも、それなら恭介さんはどうして突然、無期限営業停止を決めたんでしょう」

「月無家一族を『家元』と呼称する者は限られているわ。つまり今回の悪評の大元は、

月無家の一族かその関係者。自分の実家が関わる問題に、私たちを巻き込みたくない

のよ。恭介は、一度こうすると決めたらとことん貫く馬鹿みたいに頑固でどうしよう

もないガキだから。嫌なら付き合うのをやめる。それでもいいならそれに付き合うし

かないのよね」

「な、なるほど……」

何やら苛《いら》つき満点の辛辣《しんらつ》な言葉が並んだ気がしたが、今回はひとまず目を逸《そ》らす。

そして恭介のいつも明るい笑顔の裏側にある事情に、胸がぎゅっと苦しくなった。かつての先祖の栄光に反発した恭介は、家を追い出された。それほどまでに、恭介が持つあやかしを助けたい想いは大きく、強い。

そして今、その想いで作られた編纂館が危機に瀕《ひん》している。

「伊緒莉さん。どうにかして、今回の悪評を流布した犯人と話ができないでしょうか」

カルボナーラとオイル仕立ての帆立のスパゲッティが届けられる。美味《おい》しい湯気をまとわせたテーブルで、壱花はぎゅっと拳《こぶし》を握った。

「嫌がらせの犯人はきっと、恭介さんの編纂館に対する真剣な想いを知りません。それを理解してもらいさえすれば、犯人ももしかしたら考えを改めてくれるのではないかと……！」

「妄想に取り憑《つ》かれた輩《やから》は厄介よ」

ちゅるり、とスパゲッティを食す伊緒莉が、静かに諭す。

「今は恭介の力も、ましてや警察をあてにすることもできない。嫌がらせの手がかりも碌《ろく》にない現状で、地道に時間をかけて調査することになるわ。それでも？」

「私、あの編纂館をどうしても守りたいんです」

人とあやかしの心を抱きしめ癒やす、素敵な手製本の並ぶ場所。手製本作りを通して、自身の心と向き合う時間をくれる場所。

壱花を笑顔で出迎えてくれる、大切な人たちが集う場所。

「ね。ひとつだけ、質問してもいいかしら」

「？　はい」

「壱花は、恭介のことをどう思っているの？」

「え」

短く投げかけられたその問いに、壱花はぴたりと思考を止めた。

徐々に心に沁《し》みていった問いの意味を理解し、じわっと頰に熱がのぼる。

「きょ、恭介さんのことは、いい人だと思っています。少しお調子者で軽薄で女の子に対してアレなところはありますが、誰よりも相手のことを考えてくれる……優しい人だと」

「なるほどね。それじゃあ、恋愛対象としてはどうかしら？」

「……恭介さんと私がそんな関係になるなんて、それこそ利害の一致がない限り有り得ませんよ。だからこそ恭介さんは、私の偽の恋人役を引き受けてくださったんですから」

言葉にしながら、壱花の胸の奥がチクチクと痛む。それは今までよりも鋭く刺さり、鈍く残るような痛みだ。

編纂館がなくなれば、偽の恋人役も自然と解消ということになるのだろう。なにせ対価としての壱花のカメラマン役が不要となるのだから。

そうなれば、本当にもう、恭介との繋《つな》がりは絶たれてしまう——

「はあ。彼奴《きゃっ》もいざとなるとこの体たらくか」

いつの間にか情けなく視線を下げていた壱花の頭上から、低く聞き慣れない声が届く。

顔を上げると、いつもの艶《あで》やかな表情とはどこか違う、愉《たの》しげな笑みをかみ殺すような伊緒莉の姿があった。

「まあこれものらりくらり生きてきた代償じゃなあ。あの盆暗《ぼんくら》には良き薬になるやもしれん」

「い、伊緒莉さん？」

「……ふふ。なんでもないわ。こっちの話」

いつもの口調に戻った伊緒莉に、ほっと胸を撫《な》で下ろしつつもどきどきしてしまう。

聞き馴染《なじ》みのない方言交じりの彼の面差しは、はっきりと男性のそれにしか見えなかった。

「さてと。壱花の意志がそれほどに固いのなら、私もそれに便乗させてもらおうかしら」

「え……伊緒莉さんも？　それは本当ですか!?」

「私にとっても、あの編纂《へんさん》館は大切な場所なのよ」

ぱっと表情を明るくした壱花に、伊緒莉は艶やかな笑みを浮かべた。

「それに、編纂館に保管したままの高級茶葉も、そろそろ飲みごろを迎えてしまうしね？」


それからというもの、壱花は本業の合間を縫っては編纂館のお得意先を訪ね歩いていた。

「まあた馬鹿なあやかしが編纂館の悪口を言いふらしているのかい？　犯人を見つけたらこの俺がとっちめてやるっ！」

「そうそう。数日前にそんな悪い噂は耳にしたわねえ。でも私、すぐに否定しておいたわよ。あんなに私たちに心を寄せてくれる美形さんは、そういないものねえ」

「そういえば最近、館主どのに似た人をここいらで見かけたなあ。暗い色のお着物で何やら張り詰めた空気をまとっていたんで、結局挨拶《あいさつ》できずじまいだったが」

時間の関係であまり遠方には行けなかったが、都心周辺にも思いのほか話を聞ける者は棲《す》みついていたようだ。

手製本の内容を頼りに渡り歩いていた壱花だったが、結局悪評を流布する犯人についての情報は得られていない。

ただ、時折硬い表情を浮かべた恭介が目撃されていることが気になった。やはり恭介自身、一人で悩みを抱え込んで辛《つら》い状況なのかもしれない。

「伊緒莉さんとかまじろうくんと落ち合うのは、明日《あした》の夜だもんね」

伊緒莉とのランチの後にかまじろうとも連絡を取り合った結果、三人で今回の犯人をあぶり出そうと結託するに至った。

故郷の森から戻っていたかまじろうは、涙にむせびながら壱花の胸に飛び込んできた。かまじろうとて、編纂館という居場所が失われることは何より寂しいことだったのだ。

手帳に書き込まれた僅《わず》かな情報を凝視しながら、壱花は夜道を一人で歩いていた。早く帰ってご飯を食べてもう休もう。明日は本業も休みだから、可能な限り遠方のお得意先まで回っておきたい。

「壱花ちゃん」

「えっ」

自宅マンション前に、見慣れた人物の影を見た。

次の瞬間、壱花は手にした手帳を落としそうになり、慌ててお手玉してしまった。

その人はマンションのエントランス横でひらひらと手を振っている。胸が熱くなるのを感じながら、壱花は早足で駆け寄った。

「恭介さん！　どうしてここに……！」

「うん。あんなふうに営業停止宣言しちゃったものだから、壱花ちゃんが寂しい思いをしていないかなあ、なんて思っちゃってね。ちょっとだけ顔を見に寄ったんだ」

「……寂しい思い、していましたよ。当然じゃないですか」

いつもの笑顔、いつもの調子で話す恭介。そんな様子に大きな安堵《あんど》と少しの苛立《いらだ》ちが同時にこみ上げる。

伝えたいことは山ほどあったはずなのに、いざ機会が訪れるとうまく言葉も出てこない。

「……編纂館はまだ、営業停止のままですか？」

「うん。今の問題が解決するまではそのつもりだよ」

「恭介さん……私にも、問題解決のお手伝いをさせてもらえませんか……！」

ようやく絞り出した壱花の言葉に、恭介の目が見開かれた。

「その、実はここ数日で、今まで編纂館にご依頼されたあやかしさんたちに会う機会があったんです。皆さんとても心配されていて……恭介さんを見かけた方も仰っていました。暗い色の着物を着て、とても張り詰めた様子だったと」

「…………」

「私が力になれることは……これっぽっちもありませんか……？」

「……うん。ごめんね」

短い拒絶。予想はしていたが、やはり胸に鋭い痛みを覚える。

今回の事態に恭介の実家が関与しているとあれば、恭介は決して壱花たちの手を借りようとはしないだろう、と伊緒莉も言っていた。

そういう人なのだ、この人は。

「……わかりました。でも、どうか無茶だけはしないでくださいね」

「壱花ちゃ……」

「私、待っていますから」

情けなく下を向きそうになる顔を、ぱっと持ち上げる。こんなことなら、日ごろから笑顔を絶やさないような人間ならよかったのにな、と壱花は思った。

自分は今、うまく笑えているだろうか。

「恭介さんが、編纂館の開館を知らせに来てくれることを。私も伊緒莉さんもかまじろうくんも、みんなみんな待っていますから」

「っ……」

「私に何かできることがあったら、遠慮しないで言ってくださいね。それまでは私も、写真の腕を磨きながら待って……」

「壱花ちゃん」

耳を掠《かす》めた低い声。

気づけば壱花の身体は、恭介の両腕に囲われていた。

背中に回された腕。それでも壱花に触れてはいない。まるで、空気の膜一枚隔てたような抱擁だった。

「恭介、さん……？」

「壱花ちゃん、ごめんね」

あまりに唐突な出来事に硬直していると、何かがぷつりと千切られるような音が届いた。

「やっぱり、この鍵《かぎ》は返してもらわなくちゃならない」

「鍵って……、あっ！」

混乱のなかで、ようやく定まった思考にはっと目を見張る。

目の前にある恭介の手には、壱花が長らく首に下げていた小さな鍵が握られていた。

以前恭介から渡された、編纂館の鍵。

この鍵がなければ、自由に編纂館に出入りすることは叶《かな》わなくなる。

「恭介さん、どうして……返してください！」

「これ以上君を巻き込むわけにはいかない。このままじゃいずれ、君の身にも危険が及ぶ」

「それでもいいです！　だって私は……！」

「俺が嫌なんだ!!」

突然張り上げられた声に、びくりと壱花の肩が揺れる。そんな壱花に目を見張った恭介は、ぐっと奥歯を嚙《か》みしめた。

「勝手ばかりでごめん。壱花ちゃんには本当に支えられていたんだ。……感謝してる」

「恭介さん……！」

いつもの笑顔を見せた恭介が、するりと壱花から離れていく。

「躾《しつけ》の悪い犬に嚙まれたと思って、忘れてね」

そのまま闇夜の通りに消えてしまった恭介の背中を、壱花は呆然《ぼうぜん》と見つめていた。

いつの間にか地面に落としていた手帳のページがはためく音が、微《かす》かに辺りに響いていた。


それから数日。壱花には静かな日常が戻りつつあった。

いつもどおり一人暮らしの部屋で起床して、出勤と退勤を繰り返し、休日は何となく時間を持て余しながら必要な買い出しを済ませて家で過ごす。時折母から唐突な着信もあるが、最近はそれも頻度が減っていた。

実家の呪縛《じゅばく》から解き放たれた、自由で幸せな日々——

「って、違う違う。そうじゃなくて……！」

慌ててお風呂《ふろ》を出た壱花は、身体にタオルを巻き付けると机に開いたままの手帳を覗《のぞ》き見る。

編纂《へんさん》館でこれまで起こった出来事を、極力まで書き出したメモページ。それらを最初から最後まで読み通し、壱花はほっと安堵の息を吐いた。

「大丈夫、大丈夫。私はまだ、みんなのことを覚えてる……」

自身を勇気づけるように繰り返す。それでも、声色は自分でもわかるほどに情けないものだった。

恭介に鍵を返却することになってから、少しずつ、編纂館での記憶が薄らいでいることに気づいた。

通常の忘却速度ではない。一日一日、もの凄《すご》い速さで編纂館の記憶が消えていく。自覚したころには、すでに編纂館の佇《たたず》む場所もわからなくなっていた。

手帳に書き込まれた赤ペンの印を見る。本業のあとに、編纂館に向かう約束をした日の印。それを目にする度に、心苦しさに顔が歪《ゆが》む。

今宵は新月。妖《あや》しくも温かな客人たちで賑《にぎ》わいを見せる、編纂館の開館日だったはずの日だ。

「伊緒莉さん、高級な茶葉はちゃんと飲むことはできたかな？　かまじろうくん、元気が余りすぎて切り紙の山を作り上げたりしていないかな?」

か細い笑みを浮かべながら、独り言を零《こぼ》す。

「恭介さん……ちゃんと、元気にしてるかな……?」

ぽたり、と手帳に落ちた水滴に気づき、そっと身を引く。涙ではない。髪から伝ったシャワーの残り水だ。あの人のために、泣いてなんかやらない。

「私、怒ってるんですからね。恭介さん」

むん、と胸を張った壱花は、姿のない相手に悪態をついて洗面所へ戻っていく。

「大体、一度人に渡した贈り物を相手の了承なしに返せだなんて、非常識ですよ。それも私の隙をつくためとはいえ、あんなふうに他人《ひと》さまを抱きしめるだなんて……いや、本当に抱きしめられたわけじゃ、ないですけれどっ」

そこまで言い募ると、途端に心臓がどきんと音を鳴らす。

「……忘れてねって、言ったくせに……」

それならどうして、あんな風に仮初めの抱擁をしてきたのだろう。

壱花よりも数段異性慣れしている彼ならば、もっと無遠慮に、他意なく、友好的な抱擁をすることだってできたはずだ。

それなのに——どうしてあんなに繊細に、慎重に、親愛に満ちた方法を選んだのか。

幾度となく繰り返してきた疑問が浮かんでいることに気づき、壱花は慌てて頭を振る。

あれは首に下げた鍵を奪うのが目的で、他に何の意味もない。特に恭介にとっては、異性とのじゃれ合いの一環ですらないのだろう。

大きな意味にしてしまっているのは、壱花の中でだけだ。

気を取り直してパジャマに着替え、濡《ぬ》れた髪にドライヤーをかけたあと、壱花は再度リビングへと戻る。

ふと目に留まったのは、チェスト上に置かれた紙箱だった。

まるで引き寄せられるように手を伸ばし、蓋《ふた》を開く。その中に収められていたものに、壱花ははっと目を見開いた。

複数枚の紙が束ねられた、本になりかけの本だ。

白色の上質紙が丁寧に重ねられ、その左端をミシン糸で綴《つづ》られている。金色にも茶色にも似た、温かな光のような色の糸だった。そうだ。この色。

「まるで……恭介さんの書いた文字みたいだって、思ったんだ」

その記憶さえ手放しかけていたことに愕然《がくぜん》とし、慌てて箱の中身を確認する。

本になりかけの本とともに仕舞われていたのは、何枚もの写真だった。

見覚えのある風景だ。自宅マンションの前にある横断歩道に、その渡った先にある小さなスーパー。さらにその近くに植えられた色とりどりの花壇。

道案内を託されたような写真たち。その最後には、西洋風の建物と、扉横の看板に記されたチョーク文字――

『世界で一冊だけの本、紡ぎませんか』

「……っ、あそこだ……！」

視界にかかった靄《もや》が、ぱっと晴れたようだった。

袖《そで》を通したばかりのパジャマから素早く私服に着替え直すと、荷物をポシェットに詰め込む。化粧はすっかり落とした後だけど、特に問題はない。

ようやく思い出すことのできた、編纂館への道順。

再び記憶の彼方《かなた》に鍵をかけられてしまう前に、必ず辿《たど》りついてみせる。

「壱花！　こんな時間に、いったいどこに行くの⁉」

「え……！」

無我夢中で玄関から飛び出した壱花だったが、思いも寄らぬ人物がそこにはいた。

あまりに唐突なその人の訪問に、壱花は目を剝《む》いてしまう。

「お……お母さん。どうしてここに？」

「なあに、その言い方。あんたのことが心配で、忙しい中わざわざここまで来てあげたのに！」

扉を開けたそこには、通話こそ頻繁にくるものの、壱花のマンションには一度も来たことのない母の姿があった。どうして、よりによってこのタイミングで。

「まったくあんたは、私がいないと男選びもまともにできないのねえ。だからもともと私は、あんたの一人暮らしにも反対だったのよ？　それなのにあんたときたら」

「お母さん。申し訳ないけど私、今急いでるの。それに何度も言ってるよね？　連絡も来訪も、少しはこちらの都合も考えてほしいって！」

　気持ちが焦っていたこともあり、母に対する口調にしてはやや厳しいものになってしまう。しまったと思ったときにはもう遅く、眼前の母の顔がみるみるうちに般若へと変わっていった。

「それ見たことか！　まったくあんたって子は！　少し都会に揉まれたからってすぐに偉そうにしてるのかい！」

「都会とかそういう話じゃなくて。とにかく今は、お母さんと話してる時間はないの！　私、すぐに行かなくちゃいけないところがっ」

「行かなくちゃいけないトコロ？」

　返ってきた言葉とともに、首元がぐいっと引き寄せられる。

　よく見れば母の両手が壱花の胸倉を摑み、ぎりぎりと力を込めていた。

「っ、お母さん……？」

「それはモシカスると、薄汚れたアノ、手製本編纂館ノことカイ……？」

無遠慮に迫ってくる母の形相。その目の焦点が明らかに合っていないことに気づき、すっと背筋が凍る。

「あ……っ」

すると次の瞬間母は、力が抜けたようにがくりと壱花の方へ倒れかかってきた。

どうやら意識を失っていることに気づき、壱花は慌ててその身体を支える。

「お母さん、どうしたの！　しっかり……！」

「大丈夫ですよ」

廊下の先から届いた声に、壱花はひどく混乱した。

「お母上には、あなたの居宅までの道案内をしていただいただけです。ちょうどあなたのお宅に向かおうとされていたご様子でしたのでね」

「……あなた、は」

非常に聞き覚えのある声色に対し、記憶と大きく乖離《かいり》する口調だった。冷たく相手を蔑《さげす》む、棘《とげ》のような口調。

あの人が、こんな言葉を発するはずがない。

「あなたはいったい、誰で……す……？」

その人物に向き合う前に、くらりと視界が回る心地がする。

母の身体とともに地面にずり落ちていく意識の中で、壱花は紳士然と微笑む恭介と瓜二《うりふた》つな男の姿を見つめていた。

『壱花。お前はあやかしに関わってはいけないよ』

また、あの人の声がする。

水面を柔らかく揺らすような、儚《はかな》げなあの人の声が。

『私のように人生を蝕《むしば》まれてしまう。だから壱花、お前はあやかしに関わってはいけない』

でもね。私は私の意思で、彼らとともに過ごす日々を選びたいと思ったの。

だから心配しないで大丈夫。

きっともう、怖がらなくても大丈夫……。


「……、ん……？」

次第に浮き上がってきた意識に気がつき、まぶたを開く。

うっすら靄がかかっていた視界は徐々に明瞭《めいりょう》になっていき、白い照明と天井板が映し出された。自分がどこかに横たわっていることに気づき、壱花は慌てて上体を起こす。

寝かされていた場所は、整然とした和室だった。

正方形の室内の中央に敷かれた、真っ白な布団。ご丁寧に布団まで掛けられていたらしい。いったい何がどうなっているんだろう。

「落ち着いて。落ち着いて……そう。確か編纂館《へんさんかん》への道を思い出して、私、慌てて部屋を飛び出して……」

扉を開けたらそこに母がいて、母の声が変に濁ったかと思うと、突然倒れ込んできて。

「その後ろに、誰かが立っていて……」

「目が覚めましたか」

額に手を当てながら記憶を遡《さかのぼ》っていた壱花に、品の良い男の声がかかる。

気づけば開かれていた襖《ふすま》から、その男は微笑を浮かべてこちらを眺めていた。

深い紺色の着流し姿の男だ。

帯や帯紐《おびひも》、足袋に至るまで、和装に明るくない壱花でもわかる高級品を身につけている。嫌みに取られかねない装いも、その端整な顔立ちで巧みに調和しているように思われた。

すらりとした長身に、ふわふわと柔らかそうな明るい茶髪。ほのかな色香が滲《にじ》む目元の泣きぼくろ。街中で十人中十人が振り返るような魅力をまとう、美形の男——

「恭介さんじゃ、ありませんよね」

「驚きましたね。こんなに早く見抜かれてしまいましたか。ああ、お母上はあなたの自宅で横になっていただきましたので、ご心配なく」

悪びれた様子もなく告げた男は、にこりと笑みをたたえた。

「本来一族に関することに他人を巻き込むのは忍びないのですが、致し方ありません。お嬢さんには恐い思いをさせましたね。どうかお許しを」

「あなたは、いったい何者なんですか？」

「私の名は月無孝史《たかし》。月無恭介の、ふたつ上の兄です」

続柄を語る中に込められた底の深い憎悪が届き、壱花は無意識に身構える。

恭介の兄。まるで双子のようによく似た兄弟だ。

『優等生の兄貴ともしょっちゅう比べられたりしてねー』

以前会話の中に出てきた話題が、ふと脳裏を掠《かす》める。

「あなたに何か危害を加えるつもりはありません。ただ静かに、ここでしばらく大人しくしていただきさえすればいい」

「拉致《らち》された挙句、その説明で納得する者がいるとお思いですか」

「納得していただく必要はありません。ただ、この部屋から出た時点であなたの命の保証はいたしかねます」

「誰かが私の首を狙ってくるとでも？　見張っているのはよほど凶悪な人間か……も

しくはあやかしでしょうか」

壱花の言葉に、孝史の目が僅《わず》かに細められた。

「やはり、あなたもあやかしの存在を認識しておりましたか。あのぼろ屋敷で弟とともに妙な活動に従事していただけのことはあります」

「妙な活動って」

静かに相手の真意を探ろうとしていた壱花だったが、孝史の躊躇《ちゅうちょ》のない物言いについ声を荒らげた。

「あの編纂館は、癒《い》やしと救いを求めた人たちが訪れる大切な場所です。恭介さんは、そんな人たちの心に寄り添い素敵な本を作り続けている。そんな彼の意志を侮辱しないでください」

「あれがやることには何の意味もない。ただの偽善の延命処置です」

孝史の穏やかで精巧な笑みが、一層濃くなる。

「そもそも人間とあやかしを同列に考えること自体が誤りです。あやかしは人間の生活と思想に基づいて具現化した、いわば創作物の一種。不要なものが時代の流れとともに廃《すた》れ消えゆくことは、自然の摂理でしょう」

「っ、そんな！」

「それをわざわざ本という目に見えるものとして後世に残すことは、自然淘汰《とうた》されるべきものをいたずらに世に押し留《とど》めることになります。それは、最早《もはや》ただの自己満足に過ぎません。月無家の落ちこぼれの、最後の悪あがきです。実に滑稽《こっけい》だ」

「――……あやかしとて、この世に生を受けた、私たちと同じ生ける者です！」

広くも狭くもない殺風景な和室に、壱花の声が大きく響いた。

「彼らには命があります。意思があります。感情があります！　それらは私たち人間が好きにしていいものでは決してない。そのあやかしの心は、そのあやかしだけのものです！」

「この世は皆平等、皆尊いですか。思考を停止させた、愚かな人間の発想ですね」

「私は！　物心ついたときから、ずっとずっと考えてきました……！」

そうだ。もうずっとずっと考えてきた。自分という存在が、この世に在る意味を。

気づけば父が家からいなくなり、母の顔色を窺《うかが》いながら息を潜めるように生きてきた。

母が産んでくれたから。母が養ってくれているから。母が嫌がるから。母が怒るから。

自分を産んだ母こそが絶対的な存在で、母から認められない自分は生きる価値がないのだと信じて疑わなかった。

でも、今は違う。

「あなたにとってどれだけ無意味で無価値なものであっても！　編纂館で働くみんなにとっては、大切に守りたいものなんです！　そう思うこの気持ちまで、あなたに否定される覚えはありません！」

「…………」

「私は、もう帰ります。ここに居ても、あなたとは永遠に意見は合いませんから」

「……気に入りませんね」

「えっ」

次の瞬間ぐるりと視界が回転し、身体のあちこちに痛みが走った。

「痛……っ」

「恭介はどんなふうにあなたに取り入りましたか」

視界に映るのは、氷のように冷たい瞳《ひとみ》の孝史と、その背後に広がる天井と下げられた照明だった。

先ほどまで寝かせられていた布団に、手首を強く押しつけられている。今置かれた状況を理解し、さっと血の気が引いた。

「あれも幼いころから愛想だけは良かった。大方その手に嵌《はま》ってまんまと外堀を埋められたのでしょう。あとは耳触りのいい言葉と適当な笑顔を見せさえすれば、大抵の女性は心を許す」

「っ……」

「聡明《そうめい》なあなたならばとうにお気づきなのでしょう。あれが愛想を振りまく女性は、あなただけではないのだと」

「……たとえそうだとしても、あなたには関係のないことです。それに、少なくとも恭介さんは、こんな卑劣な方法で人を監禁したりはしない……！」

「あれは、我が一族の落ちこぼれだ！」

突如向けられた怒号に、壱花の肩がびくりと震える。

「あれの存在によって、我々はどれだけ多大な迷惑を被ってきたことか！　あの恥さらしが今さら、認められることなどあってはならない。我々が長年培ってきた数々の偉業を鑑みても……そんなことが許されるはずがない……！」

「っ、い、痛……っ」

手首を捩《ね》じ切るような力が込められ、思わず顔をしかめる。そんな壱花を見て、互いの呼吸を感じるまでに距離を詰めた男は不気味に表情を歪《ゆが》めた。

『妄想に取り憑《つ》かれた輩《やから》は厄介よ』――伊緒莉が語ったあの言葉の意味が今、明瞭《めいりょう》な形をもって目前に突き付けられていた。

瞳の奥に揺らめく危うげな光と闇に、壱花は今まで感じたことのない、底なしの恐怖を覚える。

「いやっ！　助けて恭介さ……！」

「突っ込め！　かまじろう！」

壱花の耳に、辺りを大きく震えさせるような叫び声が届いた。

次の瞬間、ジャキン、と何か巨大なものを切り裂くような音が一帯に轟《とどろ》く。地響きに似た振動とともに突如開かれた外の風景に、壱花は切望した人物を見た。

「壱花ちゃん！」

「っ、恭介、さ……！」

砂塵《さじん》の中から浮かび上がったのは、鋭い形相を浮かべた恭介と、涼しい顔を崩さない伊緒莉の姿だった。

僅かに遅れ、ぐるりと上空を旋回した茶色の毛並みの生き物が、二人の背後に着地する。すぐにはわからなかったが、その正体は身体を自動車並みに巨大化させたかまじろうだった。

「これはこれは。相変わらず乱暴で無作法なご帰還だな、恭介」

いつの間にか壱花の上から避《よ》けていた男が、庭先に立つ恭介を凝視する。

「人を無理やりおびき寄せてよく言うね」

「現れるかどうかの見込みは五分五分だった。まさかお前がそれほどこのお嬢さんに惚《ほ》れ込んでいるとは思わなかったがな」

「壱花ちゃん」

「あっ」

和室の中に居たはずの壱花は、気づけば庭先へと移されていた。今壱花の身体は、恭介の腕のなかにしっかりと抱きかかえられている。

目にも留まらぬ速さの移動に、驚愕《きょうがく》しながら辺りを見回す。

先ほどまでいた離れ屋は、その上半分をハサミで斜めに切り取られたかのように破壊されていた。その建物に一人佇《たたず》む孝史は、特に意に介さない様子でこちらを見つめている。

恭介が現れた以上、もう壱花に用はないらしかった。

「遅くなってごめん。怪我してない？　何もされてない？　大丈夫？」

「壱花。無事でよかったわ」

「壱花サマ！　到着が遅れてしまい、申し訳ございませんでした……！」

「恭介さん。伊緒莉さん、かまじろうくん……っ」

みんな、助けに来てくれた。

張りつめていた緊張の糸がぷつりと切れ、壱花の目の奥にじわりと熱いものがこみ上げる。

「ありがとう……私なら、もう大丈夫です」

「いやいや、ちょっと待って。手首、痣《あざ》になってるんだけど？」

「ああん？」

地を這《は》うような唸《うな》り声。突然耳に届いたその声色に、壱花は身体ごとびくりと揺らした。

「はあ。恭介の血縁と聞いて穏便に始末をつけようと思うておったが……我らの身内にまで手出しするということは、それ相応の覚悟はしておるのだろうなあ……？」

「い、い、伊緒莉さん……？」

その声の主は、恭介と壱花の前にすっと歩みを進めた、着物姿の麗人だった。

「平穏な日々で妖気《ようき》もあり余るほどになっておるからなあ。久しぶりに暴れるか。かまじろう、援護を」

「はっ！　承知いたしマシた！」

「あっ、ふ、二人とも……！」

壱花の呼びかけも虚《むな》しく、伊緒莉とかまじろうは揃って孝史の元へ向かっていく。

二人の横顔から垣間見《かいまみ》えた瞳は、ともに真っ赤な光に染まっていた。

「伊緒莉もかまじろうもキレてるねえ。俺も同じだけど」

「えっ」

「動かないで壱花ちゃん。……《癒《ユ》》」

恭介が壱花の手首に記していった指文字が、宙に浮かんで光り輝いた。

じわりと温かな熱が灯《とも》ったかと思うと、手首に浮かんでいた青痣が元の肌色に戻っていく。動かしてみても、鈍い痛みはもう感じない。

「恭介さん……ありがとうございます」

「礼を言われることじゃないよ。むしろこんな……馬鹿みたいなことに君を巻き込んで」

至近距離から向けられた強い視線に、どきっと心臓が跳ねる。

恭介は僅《わず》かに口を開いたが、すぐに締め直すと壱花を背にして立ち上がった。

恭介にならって視線を向けた先の光景に、壱花ははっと目を見開く。

「なるほど。月無家次期当主と謳《うた》われるだけのことはあろうな。いい腕を持っておる」

「光栄ですね。かつて山の最奥で総大将としてあやかしを治めていた御方と、やり合う機会をいただけようとは」

会話の落ち着きとは裏腹に、伊緒莉と孝史の間には激しい閃光《せんこう》のような衝撃の応酬が繰り広げられていた。白にも黒にも見える電流が互いに投げつけられ、地面や周囲に焦げ跡を残し続けている。

「危ない！　伊緒莉サマ……！」

最中《さなか》、伊緒莉が孝史の攻撃で吹き飛ばされかけたが、再び巨大化したかまじろうがその身体で見事キャッチする。そのまま壱花たちの元へ着地すると、みるみるうちに元の大きさに戻っていった。

「伊緒莉さん、かまじろうくん！　大丈夫ですか⁉　お怪我は……！」

「問題ない。が……どうやらこの敷地一帯、あやかし封じが施されておるな。あやかしが力を放出する度に体への負担が倍増していく。厄介な呪詛《じゅそ》じゃ」

「う……い、壱花、サマ……」

伊緒莉の言うとおり、二人の顔は見るからに青ざめていた。伊緒莉はすでに自身の力で立ち上がることができず、かまじろうも力なく壱花の腕の中に収まっている。

「壱花ちゃん、二人のそばにいて」

「っ、恭介さん」

「そもそもの発端は、俺の家のいざこざだからね」

凛《りん》と強い返しとともに、恭介は離れ家廊下からこちらを見下ろす孝史と対峙《たいじ》する。

「良いお仲間を持ったものだな。自分にないものを健気《けなげ》に補ってくれる、心優しいあやかしさまか」

「壱花ちゃんをさらった目的は？」

「知れたこと。疎ましくて仕方がない落ちこぼれの貴様を呼び出し、始末を付けさせるためよ」

「そうかなあ。その割には今回、兄貴がどうも前面に出すぎてやしない？　いつもはまるで自分がすでに頭領の如く部下を操って、自分は矢面に立とうとしない狡猾《こうかつ》なあんたがさ。どういった心境の変化？」

「あ……！」

次の瞬間、バチッと大きな電光が瞬き、壱花は思わず目を瞑《つぶ》る。

慌てて辺りに目を凝らすと、壱花たち三人を庇《かば》うように恭介が立っていた。前にかざした右腕には、煤《すす》けた黒い焦げ跡が残っている。

「お前に無駄口を叩《たた》かせるつもりはない。ただこちらの命に従えばいい」

「はあ。何だかよくわからないけれど、いつもと少し事情が違うことだけはわかったよ」

「恭介さん！」

再びバチバチッと強い電気音が轟く。恭介も同様の稲妻を繰り出してはいるが、力はどうやら拮抗《きっこう》しているようだった。

「あれは、月無家に伝わるあやかし調伏の力のひとつよ」

「伊緒莉さん」

壱花の肩にそっと手を置き、伊緒莉が話す。どうやら口調が戻ったらしい。

「以前に恭介から一度だけ聞いた話。古くからあやかしを調伏する家系として名を馳《は》せた月無家では、調伏の力の最も強い者がその代の権力者になる。そして恭介は、兄との力比べではいつも容易《たやす》くねじ伏せられていたと……」

「そのとおりです」

伊緒莉の説明に割って入った言葉は、孝史のものだった。

「幼少のころより我ら兄弟の格差は明白でした。父母は早々に弟を見限り、成長著しい私にすべてを与えました。調伏の指導も、教育も、服装も、食事までも。同じ生まれ月を持っていながら、生誕を祝われるのは私のみで、弟は祝いの言葉をかけられさえしなかった」

「……っ！」

嘲笑《ちようしよう》を浮かべ吐き捨てる孝史に、壱花はぐっと眉間《みけん》にしわを寄せる。

しかしながら、確かに今大きな力を放出しているはずの孝史はどこか涼しい顔で、いまだ余裕をはらんでいることが窺《うかが》えた。対して恭介のこめかみには汗が滲《にじ》み、苦しげに眉《まゆ》を寄せている。

「そんな環境を受け容《い》れることができずに一族から逃亡した。それがそこの弟です。自身の無能から目を背け、半端な事業を起こして日銭を稼いでいる敗北者。そんな奴のそばにいる価値などありませんよ」

「……あなたの言う、『価値』とは何ですか？」

壱花が静かに問う。

「一族の繁栄を維持すること。曾祖父《そうそふ》様のご栄光を守り続けること。それに益するものでなければ価値はない――確かに、そんな考えもあるのでしょう。でも、少なくとも私たちを結び付けているものは、そういった類《たぐ》いのものではありません」

「綺麗《きれい》事を。所詮《しょせん》人は誰しも利益を計算し合って生きている。あなたとて、弟と関わりを持ったのはその価値を見出《みいだ》したからでしょう」

「価値ではありません。信頼です」

首を横に振った壱花は、孝史を再び真っ直ぐ見据える。

「私はただ、恭介さんの心に触れて、それを信じたいと思っただけです。その決断をすることを、自分自身で選んだだけです」

「…………」

「孝史さん。あなたはいつまで、誰かの作った価値観に縛られ続けるんですか……？」

途端、ぽろりと何かが頬を伝う感触に気づいた。

零《こぼ》れ出た言葉は、ずっと自分に伝えたい言葉だったのかもしれない。

今までずっと母の目に縛られ続けていた、自分自身へ。

「黙れっ!!」

辺りを取り巻く風の渦が、一気に強さを増した。

こちらに向かってくる雷光のような攻撃は増し、覗《のぞ》く恭介の表情は先ほどよりもさらに険しくなる。

次の瞬間、恭介の右頰をぴゅっと刃物のような風が過ぎ去った。白い頰にじわりと赤い線が浮かび、膨らんだ小さな鮮血が静かに頰を伝っていく。

「恭介さん……！」

「大人しく抵抗をやめて投降しなさい、恭介。そうすればそこのお仲間たちは皆無事に帰してあげます。その頰の傷は最後通告。次は誰のどこを刻むか知れませんよ」

「……そうだねえ。少しばかり刃向かってみたけれど、無駄な抵抗だったみたいだな」

途端、辺りを取り巻いていたずしりと重い風が、ふっとなりを潜める。

恭介から放たれるものは強靱《きょうじん》な雷光から美しい光に変わり、壱花たちの周りを丸い壁が覆っていた。

今までも幾度か見たことのある、美しい光。

《癒《ユ》》――いつもたくさんの者たちを救い守ってくれる、温かな癒《い》やしの光だ。

「なんの真似だ、恭介」

「俺はもうとっくに勘当されているからね。この一族が定めた喧嘩《けんか》のルールに縛られる必要はないんだよなあって、ようやく気づいたよ」

先ほどまで常に余裕をまとっていた孝史の表情に、一点の揺らぎが起こる。

「ガキのころからあんたにはずっと負かされ続けてきた。俺もいい加減に学んだよ。あんたにはどうやっても勝てない。それなら自分の身を弁《わきま》えた生き方をしようってね。でも、そもそもそんな考えすら、本当にちっぽけな世界でのものの見方でしかなかった」

「恭介、貴様」

「月無家は調伏の力で勢力を拡大させてきた。調伏の力こそ絶対的存在。調伏の力を使っての勝利こそ意味がある。……でもね、今の俺は違う」

壱花たちを守る透明の壁が、徐々に広がりを見せていく。孝史が放つ禍々《まがまが》しい電流が、じりじりと外側へ押し出されていた。

「あんたが言うところの、至極無価値な癒やしの力。この数年は特に使い込んできたからね。今はもうこちらの力の方が、よっぽど俺の身体に馴染《なじ》んでいるんだよ」

「お前の癒やしの力で、私の調伏の力を屈服させてみせると？　笑止！」

声を荒らげた孝史の瞳《ひとみ》に一瞬、凶暴な赤色の光が過《よぎ》る。

先ほど拡大させた光の空間は見る間に縮まっていき、壱花たちをなんとか包み込む大きさにまで攻め込まれていった。

「私は月無家の次期当主となる人間。確たる意志も、誇りもなく、ふらふらと放浪を続けてきたお前とは違う。これまで私がどれほどの重責を負ってきたと思っている。

血反吐《ちへど》を吐くような訓練を続けてきた私の思いが、お前にわかるか……っ！」

「恭介さんっ！」

「っ、壱花ちゃん⁉」

一気に押し込まれそうになる気配を察し、壱花は咄嗟《とっさ》に恭介の背中を支えるように手を添えた。徐々に後退しそうになる威力に、恭介の胴に腕を回し、力を前に前にと押し込める。

「っ……壱花ちゃん、手、危ないよ。こんなふうに前に出してちゃ怪我を」

「恭介さんがっ、何も悩まず、悔やまず、追い立てられずに過ごしていたなんて、思わないでくださいっ！」

恭介に後ろから抱きつきながら、壱花は力一杯に声を張った。

「恭介さんの癒やしの力は無価値なんかじゃありません！　多くの人の心を優しく照らし出してきた……幸せの光です！」

「壱花ちゃん……」

抱きついた背中越しに、ふっと小さく笑みを漏らす気配が届く。

そして身体の芯《しん》に力を込め直すと、恭介は再びその手で大きく《癒》の文字を記した。

「ふ。いくら気合いを入れ直し続けたところで無い袖《そで》は振れまい。恭介、お前ももう気づいているはずだ。お前の力では俺の力を凌駕《りょうが》することはできないと」

「そうかもね。でもほら、愛の力は偉大だからさ？」

愛の力。その言葉にはっと目を見張ると、どこか嬉《うれ》しそうな恭介と視線が重なった。何にも囚《とら》われない、自由な風のような笑顔。清々《すがすが》しいまでの美しさに、どきんと心臓が打ち震える。

「兄貴、俺はあんたの力を凌駕する必要はない。ただ、あんたの力と同等の力を出しさえすればいい」

「守り一辺倒では私に勝てんぞ」

「勝利がほしいわけじゃない。ただ、自分の意思で守ると決めたものくらいは、全力で守りたいだけだ。たとえ俺自身の中身が空っぽになったとしてもね」

「…………」

「っ、え……？」

次の瞬間、突如消え失《う》せた辺りの息苦しさに、壱花は驚きの声を漏らした。

恭介の癒やしの壁が拡張されることはないままに、敷地内をうごめいていた雷撃が姿を消したのだ。恭介の力の放出を収めてもなお、孝史から追撃が放たれる気配はない。

呆気《あっけ》にとられたのは恭介も同じだったようで、怪訝《けげん》な表情のまま兄へと視線を向けた。

「兄貴……どうして」

「……説明する必要はない。月無家の方針に基づき、判断したまでのこと」

告げた孝史は、ちらりと恭介にしがみついたままの壱花へと視線を向けた。恭介に密着した状態の自分に今さら気づき、壱花は慌てて恭介から腕を離す。

「ええ、もう離れちゃうの？　壱花ちゃんに抱きしめられて、俺、かなり嬉しかったんだけどなあ」

「ち、違……抱きしめたわけじゃ、ありません……！」

顔を熱くしながら反論を試みるも、結局勢いは尻《しり》すぼみになってしまう。恭介の心底嬉しそうな笑顔がきらきらと眩《まぶ》しくて、見ていられなかったのだ。

「ふ。なるほどな。『愛の力』……か」

耳に触れた思いがけない言葉に、壱花ははっと息を呑《の》む。しばらく俯《うつむ》いていた孝史は、くつくつと小さく肩を揺らしたあと、静かに顔を上げた。

浮かんでいたのは、穏やかなようにも不穏なようにも見える、薄暗い微笑だった。

「せいぜいその力とやらで耐え忍ぶといい。あるべき場所に戻る、その日が来るまで」

「その日が来るまでって……、きゃ……!?」

孝史はそう言葉を残すと、こちらに静かに手をかざす。

　気づけば壱花たち四人は、揃って見知らぬ空き地に尻もちをついていた。

　見上げた空は深夜の色合いを抜け、薄《うっ》すら朝焼けの気配が滲《にじ》んでいる。

「い、たたた……皆さん、大丈夫ですか」

「平気よ。どうやら、月無家の敷地外に飛ばされたようね」

「だねえ。用は済んだからさっさと出て行けってことかな」

「わあああんっ！　皆サマ、ご無事で何よりでございマスー！」

　かまじろうはぽろぽろと涙を零《こぼ》しながら、勢いよく恭介の胸に飛び込んだ。

　受け止めきれずに再び尻もちをついた恭介が、へらりと朗らかな笑みを漏らす。

「ははっ、そうだねえ。みんな、無事でよかったねえ……」

「伊緒莉さんとかまじろうくん。身体の具合は、もう大丈夫なんですか？」

　月無家で術の影響を受けていた伊緒莉とかまじろうに問いかけると、二人ともすっきりした笑顔で答えた。

「はい！　壱花サマには、大変ご心配をおかけいたしマシた！」

「あの空気の悪い敷地の外に出たから、もう問題ないわ。……ただ、みんながみんなご無事とはいかなかったみたいだけどね？」

「え？　それはどういう……」

「はわわわっ⁉　恭介サマー⁉」

突然の叫び声を上げたかまじろうに、壱花は慌てて背後を振り返る。

そこには、地面に大の字になって倒れ込んだ恭介の姿があった。

朝日が徐々に空を目覚めさせていく中を、二人と一匹の影がゆったりと進んでいた。

「『最近、月無家一族が恭介の力に目を付けはじめている』。あの情報は、どうやら本当だったようね」

「え、伊緒莉さん、そんな情報を入手していたんですか?」

穏やかに語り出した伊緒莉の話に、壱花は思わず声を上げる。

「あやかし仲間からまことしやかに流れてきた、眉唾《まゆつば》物の情報ではあったのだけどね。今まで調伏の力の発展に心血を注いできた月無家の方針を考えれば、にわかには信じられないものだったのよ」

「つまり今回のことはすべて、恭介さんが持つ癒《い》やしの力を手に入れるのが目的だった……ということでしょうか?」

「詳細は分かりかねるけれど、恐らくね。恭介の兄が早々に撤退を選んだのも、おおかたそれが理由。今ここで恭介の力を使い果たして空っぽにされては、裏で月無家が進めんとする計画に支障が出ると判断されたんじゃないかしら」

「それで恭介さんを呼び寄せるための餌として、私が利用されてしまったんですね」

「餌、なんて言わないでよ。俺の大切な大切な恋人だよ？」

肩越しに届いた掠《かす》れ声に、壱花ははっとうしろを振り返った。

「恭介さん。よかった。目が覚めましたか？」

「うーん……まだ少し、頭がぼやぼやするけれど、何とか……」

まだ夢うつつといった声色だったが、ひとまず意識が戻ったことに壱花はほっと胸を撫《な》で下ろす。月無家の敷地外へ出た直後に倒れ込んだ恭介は、子どものようにすうすうと寝息を立てていたのだ。

「実兄とまともにやり合うなんて、とんだ無茶を働いたのだもの。頬の擦り傷と気を失うくらいで済んで、むしろ有難いと思いなさいな」

「それだけ身を挺《てい》して私のことを守ってくれたということですよね。本当にありがとうございました、恭介さん」

「当然でしょ。だって俺、壱花ちゃんの恋人だから」

「恋人ですか」

「うん。でしょ」

「……はい。そうですね」

耳元で語られるいつもの口調が、不思議とくすぐったい。

それでも、胸にこみ上げるものは温かな幸福の色をしていて、壱花は自然と笑みを零した。

「それはそうと壱花ちゃん。どうして俺、壱花ちゃんにこんなにくっついているんだろ……？」

「それは、私が恭介さんを背負っているからですね」

「……ん？　え？　ちょ。どうして俺、壱花ちゃんに背負われているんだろう⁉」

「暴れないでください。恭介さんは今身体に力が入っていないんですから」

ぴしっと諭すと、背中で運ばれている恭介が大人しく身を委《ゆだ》ねるのを感じる。

「いや、背負われておいて大変恐縮なんですけどね。これ、いくらなんでも恰好《かっこう》悪すぎない？　ねえ伊緒莉。お前が代わりに俺のことを背負ってよ」

「無理よ。この細腕にそんな力仕事は向かないもの」

「さっき兄貴にめちゃくちゃ力技仕掛けてたくせに⁉」

「恭介さん、安心してください。私、子どものころからあれこれ雑用をこなしてきましたから、力仕事には自信があるんです！」

「いや。壱花ちゃんの心配ももちろんなんだけどね、単純に俺自身が恥ずかしいというか」

「壱花！」

早朝の街には似つかわしくない悲鳴のような声に、壱花は顔を強張《こわば》らせる。

白々と明るさがのぼっている街並みを背に立っていたのは、壱花の母だった。

「壱花ちゃん、あの人は？」

「……私の、母です」

「こんな早くに、いったいどうしたのかしら。あら、こっちにいらっしゃるわ」

伊緒莉の言葉どおり、月無手製本編纂《へんさん》館の前に仁王立ちしていた母は足早にこちらに向かってきた。朝焼けが逆光になっていたため、その表情をはっきりと窺《うかが》うことはできない。

それでも壱花は、次に続く展開をすでに知っていた。

パシン！

乾いた音が、静かな街中にまるで場違いのように響く。

あまりに躊躇《ちゅうちょ》なく振りかざされた頬への衝撃を、壱花は他人《ひと》ごとのように感じていた。

「い、壱花ちゃん、大丈夫……!?」

「はい。大丈夫、平気です」

「平気とは思えないわ。壱花、今すぐ中で頬を冷やさないと」

「壱花サマっ！　早くこちらへ……！」

「お二人とも。うちの壱花から離れていただけますか？」

壱花を気遣う三人に対し、母は剣呑《けんのん》な態度を崩さずに吐き捨てた。どうやらかまじろうの姿だけは視認できていないらしい。

「お二人はこちらの編纂館の方ですね？　最近本職のある壱花が、厚意で編纂館の仕事に協力させていただいているとか」

「そのとおりです。すみません、こんな情けない姿でお迎えすることになってしまいまして」

「あ、恭介さん、まだ、無理して立とうとしちゃいけませんよ……！」

「『恭介さん』。やはりあなたでしたか。壱花の恋人として、以前お電話でお話しさせていただきましたよね？」

「ああ。覚えていてくださいましたか」

「ええ、ええ。ようわかりました。何か可笑《おか》しいと思って調べてみれば、案の定でございましたか！」

うんうん、と大きく頷《うなず》いた母の思考に、三人はついていけていない様子だった。

そしてそれにただ一人ついていけてしまう事実に、羞恥《しゅうち》で胸が痛くなる。

「やっぱり、娘は騙《だま》されていたのですね」

「……は？」

「もう！　だからいわんこっちゃない！　壱花っ、あんたはまたこうやってお母さんに迷惑ばっかりかけて！」

　びりびりと身体に不快な振動が届いた。ああ、また始まった。対面でのヒステリーは久しぶりだ。

「あんたときたら、少し恰好いい人に言い寄られたからってすぐにいい気になって！今だって何の疑問も抱かず男を背負わされているなんて、恥ずかしいと思わないの⁉あんた、いいようにこの男に利用されているのよ⁉」

「…………」

「お母さん、興信所を使って調べたんだから！この恭介さんって人は異性交遊が派手な方で、一夜限りのお相手も片手じゃ足らないくらいだとか！こちらの伊緒莉さん？って人だって、実は女装の男だというじゃない！あんた、いったいどこまで男を見る目がないのよ！」

「あらあら。そんなふうに真正面から偏見の言葉を浴びるのは随分と久しぶりねえ」

「いや。俺は壱花さんと付き合いはじめてから、そういった交友は一切……」

「お母さん。この人たちのことを悪く言うのはやめて。お母さんが叱るべきは私だけでしょう？」

　言葉を慎重に選び取りながら、母の意識を自分の方へと仕向けた。

　こうなった母は赤の他人でも激しい攻撃の対象にしてしまう。これが今時点での最適解だ。

「壱花。やっぱりあんたに一人暮らしを許したことが間違いだったわ。これでわかったでしょう？　あんたはお母さんが居なくちゃ何もできないの。そういう大事なものを見る目が、あんたには本当に足りてないんだから！」

「…………」

大事なものってなんだろう。私が大事と思ったものが、大事なものではいけないのだろうか。

嬉々《きき》とした母の叱責《しっせき》が、壱花の心を氷のような冷たさへ浸していく。

「そもそもよ？　こんなに顔のいい男があんたのことを本気で愛しているわけがないじゃない？　まあ、でもよかったわね。お母さんがちゃんと気づいてあげられて！」

「——……娘さんの災難を、随分と嬉《うれ》しそうに暴くんだなあ」

重い靄《もや》がかかっているようだった壱花の耳に、凜《りん》と澄んだ声が届いた。

「まるで、娘さんの不幸はあなたの幸せみたいだ。躊躇無く娘の頰を叩《たた》くのも驚き」

「なっ、何を失礼な……！」

「モーションがね、とても自然だった。まさかと思いますけど、叩き慣れてます？」

「きょ、うすけさん。もういいですから……っ」

「よくないでしょ。だって俺は、壱花ちゃんの恋人だよ？」

背負っていたはずの長身は、いつの間にか地に足を付けていた。弱々しく回されていた恭介の腕が、今は壱花の肩を後ろからぐっと抱き寄せる。

背中に押しつけられた広い胸の温《ぬく》もりに、壱花は目の奥がじんと熱くなった。

「子どものすべては当たり前に母である自分の所有物――そんなふうに思ってはいませんよね。今のあなたの言動は、常に娘さんを自分の管理下に置いておきたい、歪《ゆが》んだ執着からくるものに見えてなりませんが」

「……他人のあなたにとやかく言われる筋合いはございません。この子は昔から私が居なくちゃ何もできないんだから。今までだって、私がどれだけこの子に迷惑をかけられてきたことか！」

「へえ、にわかには信じられませんね。具体的にどんな迷惑です？　赤ちゃんのころに毎日おむつを替えさせられたことですか？」

「はあ⁉　あなた、私のことを馬鹿にしてるのかしら⁉」

「壱花さんは自分のことを迷わず後回しにしてしまうほど、誰かに迷惑をかけることを極端に厭《いと》う女性ですよ。きっと幼いころから散々、『迷惑をかけるな』と言われ続けてきたんでしょうね。まるで呪いみたいに」

「っ、それは……」

「恭介。もうその辺にしなさいな」

二人の言葉の応酬に、伊緒莉が静かに割って入る。

そんな三人のやりとりを、壱花は何も言えないまま見つめていた。

自分と母の世界は、長年誰も踏み込めない、淀《よど》んだ狭い部屋の一室のようだった。

そんな部屋の中は決して誰かに見せてはいけない、悟らせてはいけない。それが自分に課された義務なのだと思っていた。

でも彼らは、そんな淀みなど気にせずに踏み入ってくれる。

膝《ひざ》を抱えて母の折檻《せっかん》に耐えるしかなかった、子どものころの壱花に、真っ直ぐ手を差し伸べて。

「お母さん」

伊緒莉が間に入り仲裁しようとする中、無意識に発した言葉だった。

「確かに、私は今、何かまた失敗をしているのかもしれないね」

「……！　そ、そうよ！　だからお母さんが、ちゃんとそれを指摘してあげて……」

「でもね。たとえ失敗だとしても、それも含めて私の人生なの。お母さんの人生じゃない。私の人生なんだよ」

一瞬活路を見出《みいだ》したようだった母の笑顔が、大きく軋《きし》むのがわかった。

「今の私はもう一人で生活できているし、貯金もしているし、自分の行動に責任を持てる。お母さんに迷惑をかけないで生きていける大人になったよ」

「…………」

「だからもう自由になろうよ。お母さんも、私も」

「っはあ⁉　あんた、何言ってんの⁉」

つんざくような声が、辺り一帯に鈍く響いた。

「そんなことで済まされると思ってんの⁉　今までお母さんが、どんな思いをしてここまで育ててきたと思ってんのよ！　どれだけ自分のやりたいことを我慢してきたか！　自分の人生を犠牲にしてきたか！　あんたにはそういった感謝のひとつも無いわけ⁉」

感謝の言葉なら、子どものころから何度も何度も告げていた。時に自分の心を偽ってでも、日頃から母への感謝の言葉を忘れることはなかった。しかし母にとっては、それらもすべて「なかった」ことであるらしい。

鬼の形相で言葉を吐き続ける母の姿を、壱花は黙って見つめていた。今まで呪詛《じゅそ》のように心を蝕《むしば》んできた暴言も、不思議と今は遠く離れた別世界のもののように感じられる。

「……っ、なんで……どうしてよ‼」

諦念《ていねん》が滲《にじ》んだ壱花の眼差《まなざ》しに気づいたのか、母はぎりっと強く奥歯を噛《か》みしめた。

「どうして私のことを誰もわかってくれないのよ⁉　あの人もあんたも、みんなみんな自分のことばかり、お母さんのことを少しも大切にしてくれない！　私がどんな気持ちでいるのかわかろうとしてくれない！　私だって、ずっとずっと大変だったのに！　大変だったのにい……っ！」

「…………」

「この恩知らず！　本当に、本当に、あんたって子は……！」

「かまじろう」

再び振りかざされた母の手に咄嗟《とっさ》に目を閉じたのと、恭介の低い声が届いたのはほとんど同時だった。

予期していた頰への衝撃がないことに気づき、壱花はそろりとまぶたを開く。

すると目の前には、中途半端に腕を上げたまま硬直している母の姿があった。

「え、な、なに？　身体が……動かな」

「壱花さんは俺の大切な人です。一度ならず二度までも、暴力を許すわけにはいかないな」

「な、なにを……わっ⁉　ひえっ」

動きを止められた母は、さらに全身に及ぶ妙な感覚に顔を青ざめさせていく。

母には見えていないのだ。自分の身体に巻き付いてがんじがらめにしている、かまじろうの姿が。

いつもは通常のイタチを思わせる身体の大きさのかまじろうが、今は体長を長縄のように伸ばして母を羽交い締めにしている。急な金縛りに見舞われた母は、こちらに助けを求めてきた。

「ちょっと壱花っ、なんなのこれ？　ねえ、ぼうっと見てないで、何とかして……！」

人によって、見える世界は違うのだ。大切と思うものも、無駄と思うものも。

だからこそ、自分の世界は、生き方は、自分で決めていくしかない。

「かまじろうくん。もう、放していいよ」

「壱花サマ……でも、この人間は、壱花サマにひどいことをっ！」

「ひっ！」

ぐるるる、と喉《のど》を凶暴に鳴らしながら、かまじろうは壱花をちらりと見遣《みや》った。

首元に添えられた鎌《かま》の冷たさは不思議と伝わっているらしく、母はがちがちと歯を鳴らしている。

「大丈夫」

そんな母の姿をまぶたで塞《ふさ》ぎながら、壱花は静かに続けた。

「私にはもう、みんながいるから。私のことを大切に想ってくれる、大好きなみんながいてくれるから」

「壱花ちゃん……」

零《こぼ》れ落ちた自分の名に、壱花はくるりと後ろを振り返る。目を見開きこちらを見つめる恭介に、壱花はにこりと笑みを浮かべた。

壱花の意思を汲《く》んだかまじろうが、締め上げていた母の身体をしゅるりと解いていく。

「お母さん。私たち、しばらく距離を取ったほうがいいと思う。私がお母さんの心の負担になるのなら、私の存在を忘れてくれても構わない。周りの人には、私の不出来で勘当したとでも言ってくれればいいから」

「は……？　壱花……あんた、何を言って……」

「ごめんね」

自由になったはずの母だったが、ぽかんと立ち尽くす。

「お母さんの期待に添える娘になれなくて、ごめんね。今まで育ててくれて、本当にありがとう。……身体にはくれぐれも気をつけて」

「ちょ、ちょっと。待ちなさい壱花……！」

母の命令から、壱花は明確に目を背けた。

編纂《へんさん》館の扉の中へ入っていった壱花を、母は追いかけてこようとはしなかった。

「よかったの？　壱花ちゃん」

「はい。いいんです、これで」

母とのやりとりで無理をした恭介は、半強制的に広間のソファーに寝かされた。

それでも心配そうに問いかけてくる恭介に、濡《ぬ》れタオルを頬にあてた壱花は笑顔で頷《うなず》いた。先ほどまで一緒にいた伊緒莉とかまじろうは、今は奥の部屋で紅茶を淹《い》れてくれている。

「本当は、ずっと言いたかったんです。お互いのためにも、距離を取るべきなんじゃないかと。もしかしたら、私も怖がっていたのかもしれません。今まで気づきませんでしたが、私自身も母に依存……していたのかも」

「壱花ちゃん……」

広間にはステンドグラスからの彩り豊かな朝陽が差し込み、壱花はそっと目を細めた。展示された手製本たちがそんな美しい光をいっぱいに浴びて、きらきらと瞬いている。

「とはいえ、そう簡単にいくとも思えませんけれどね。あの母のことですから、きっと何事もなかったようにまたしれっと連絡をしてくると思います。そのときはまた、そのときの自分がどうにかするだろうと」

「ははっ、確かに、壱花ちゃんのお母さんもそう簡単にへこたれなそうではあるね」

「ですよね」

ふふ、と笑みを零す壱花に、恭介がどこか眩《まぶ》しげに微笑む。まるで愛《いと》しさが籠《こ》められたかのようなその表情に、壱花はぱっと目をそらした。

「そ、それはそれとして。私の家族問題に巻き込んでしまって、本当にすみませんでした……！」

「全然いいよ。むしろ、先に壱花ちゃんを思いっきり家族問題に巻き込んだのは、俺のほうだ」

言いながら、横たわる恭介の手がそっとこちらに伸びてくる。ふわり、と頭を労《いたわ》るように撫《な》でられ、胸の奥が甘く締めつけられた。

「急に拉致《らち》されたり妙な兄弟喧嘩《げんか》に巻き込まれたり……驚いたでしょ。本当にごめんね」

「確かに驚きはしましたけれど、いいんです。恭介さんのことをまたひとつ、知ることができましたから」

撫でられる手つきに促されるように、素直な想いが口をついて出る。そんな壱花に、恭介の指先が小さく震えた気がした。

「兄貴の言っていたことは、間違ってはいないんだ。俺はあの家で求められる力を持たずに生まれついた、落ちこぼれだった。一族を飛び出したのだって、調伏一辺倒の方針に反抗したのももちろんだけれど、それだけじゃない。ただ、自分の居場所がなかったからだ」

「恭介さん……」

「兄貴の言うとおり。俺はただ辛《つら》い場所から逃げ出してきただけの、臆病《おくびよう》者なんだよ」

「いいんですよ。それでも」

はっと目を見開く恭介に、壱花は笑顔を見せた。

「私、初めて恭介さんに会ったとき、なんて完璧《かんぺき》なイケメンさんだろうって思いました。でも、完璧な人なんてこの世にいるわけありませんよね。現に恭介さんは、本当は軽薄で、女性関係なんて特にふわっふわで、愛想に加えて調子もよくて、時々胡散《うさん》臭《くさ》い笑顔を見せる似非《えせ》紳士さんですけれど」

「ふわっふわ……」

「でも私は、そんな完璧じゃない恭介さんに救われたんです」

いつの間にか行き場をなくしていたらしい恭介の手を取る。

一回り以上大きなはずの手のひらがまるで幼子のように思われて、壱花はきゅっと両手で包み込んだ。

「私も、きっと、今まで恭介さんに出逢《であ》った人もあやかしたちも。今のままの恭介さんに救われたんですよ」

「壱花ちゃん……」

「それにさっき、恭介さんが私のお母さんに真剣に怒ってくれたことも、すごく嬉《うれ》しかった」

「……そりゃ、怒るでしょ。かまじろうだって荒ぶってたし、伊緒莉だって若干わかりにくかったかもだけど、かなりキレてた」

「そうでしたか」

「俺だって、いつもならもう少しスマートに対処できるはずなのにね。感情がうまく抑えられなかった」

クッションに頭を乗せた恭介が、じっと壱花を見つめる。

明るい茶色の瞳《ひとみ》に映る自分の姿に、どきんと胸が打ち震えた。距離が近い。それなのに、少しも嫌じゃない。

「壱花ちゃんを傷つけられるのは、嫌だって思ったんだ。壱花ちゃんがその目で見る世界は、できる限りきらきら温かな世界であってほしいって」

「き、きらきらだけだなんて、さすがに無理ですよ……？」

「かもね。でも、願うことは自由。でしょう？」

「……恭介さんらしいですね」

でも、そのとおりかもしれない。

「それじゃあ、私も願っていいですか？　恭介さんの目に映る世界が、きらきら温かな世界でありますように。恭介さんがずっとひたむきに作り続けてきた本のように、素敵な世界でありますように」

「壱花ちゃん」

「子どもみたいな願いでしょうか。でも、願うのは自由。なんですよね？」

「……その世界の中に、壱花ちゃんも一緒にいてくれる？」

包み込んでいたはずの恭介の手が、いつの間にか壱花の手を包み込んでいた。

「さっきは君のお母さんにも、かなりの悪印象を植え付けちゃったよねえ。お母さんからの盾になる『恋人役』としては、かなり致命的だ」

恭介の言葉に、壱花ははっと息を呑《の》んだ。

確かに先ほどのやりとりのあとでは、母からの「もっと他のいい人を見つけなさい」攻撃は遅かれ早かれ始まることだろう。そうなれば、恭介にこれ以上壱花の恋人役を続けてもらう意味はない。

彼に奇妙な負担をかけ続ける日々は――今日でおしまいだ。

「壱花ちゃん」

「っ……！」

覚悟を秘めた呼び名に、思わずびくりと肩を揺らしてしまう。

どうしてだろう。ずっとずっと、偽者の恋人関係だなんてやっぱり可笑《おか》しいと、早く終わらせるべきだと思っていたはずなのに。

どうして今自分はこんなにも、その終わりを告げられることに怯《おび》えているのだろう。

「こんな俺だけど……これからも、壱花ちゃんの恋人役でいてもいいかな」

「……、え……？」

言葉の意味を理解するまでには、随分と時間がかかった。

驚きに目を瞬かせる壱花の頰に、恭介の指先がどこか戸惑いがちに触れる。

「俺が恋人役を続けることで、もしかしたら前よりもずっと、お母さんからの攻撃が激しくなるかもしれない。でも、そんな攻撃からも、俺が必ず壱花ちゃんを守るから」

「……で、でも。やっぱり、恭介さんと私が恋人同士だなんて、どう考えても変ですし」

咄嗟《とっさ》に口をついた言葉は、小刻みに震えていた。

「恭介さん、私と付き合いはじめてから、他の女性とだって遊べていなかったんですよね？　これからは大手を振って、交友を楽しむことができますし」

「壱花ちゃん」

「わ、私ってば、いつも恭介さんを冷たくあしらってばかりで、可愛くないじゃないですか。私の恋人役なんて、恭介さんにとってはほんと、我慢ばかりの生活で……っ」

「嬉しかったよ」

いつの間にか目尻《めじり》に溜《た》まっていた涙の雫《しずく》が、ぽろりと壱花の頬を辿《たど》る。

その涙の筋を、恭介の指先が優しく拭《ぬぐ》った。

「他の女の子と遊ばなくなったのだって、最初はただの気紛《きまぐ》れだったけれど、今は違う。壱花ちゃんといられれば、それだけで満たされていたからだ。本気で叱られたり諭されたりするのが新鮮で、くすぐったくて……壱花ちゃんが俺のことを見てくれていることが、嬉しかったから」

「恭介、さん……」

「あー……それにさ。俺が恋人役でいれば、お母さんからの結婚やらお見合いやらの催促にも、まだ一応断る理由ができるでしょ。君に時々やってくる合コン街コンの誘いからも、気分の乗らない飲み会の誘いからも、他の男からの交際の申し入れからも。それって結構、便利だと思わない？」

「…………」

「それにその。俺の恋人っていう箔《はく》がつけば、編纂《へんさん》館を敵視する人間やあやかしたちからも、きっと安易に手出しはされない。いや、別に恋人じゃなくても、もちろん壱花ちゃんのことをちゃんと守り通すけど……！」

「……ふふ。大丈夫。わかっていますよ」

いつの間にか必死に言い募っている恭介に、自然と笑みが浮かぶ。

とても不思議なことではあるが、恭介も壱花と同じく、今の関係性を大切に想っていることが伝わったから。

「恭介さん」

「壱花ちゃん……」

「……私の恋人役、もう少しの間、続けてもらってもいいですか……？」

振り絞った勇気とともに伝えることのできた言葉。

その意味をしばらく咀嚼《そしゃく》していたらしい恭介は、じわじわと歓喜の笑みをのぼらせた。

「い、いいの？　本当に？　壱花ちゃん」

「もちろんです。恭介さんのご迷惑じゃなければ」

「迷惑じゃない！　こちらこそ、喜んで……！」

「……いやいやイヤイヤいや!!」

ばあん、とカウンター奥の扉が開け放たれた音に、恭介と壱花は揃って目を丸くする。

次の瞬間、何やら茶色い物体が、目にも留まらぬ速さで恭介の眼前に迫った。

「恭介サマ!?　あなたはそれでいいのデスか!?　せっかく互いの関係性を考え直せるまたとないこの機会に、まさかの『恋人役』継続！　本当に本当に、それでいいのデスか!?」

「ははは……でもほら、かまじろう。何事にも、順序とタイミングってものがあるからさ？」

「今がまさにそのタイミングでございマスでしょう!? へたれなのデスか!? へたれなのデスね!?」

「か、かまじろうくん？　えっと、ひとまず落ち着いて」

「いいじゃないのかまじろう。当事者が話し合って決めたことなら、周りがとやかく言うことじゃあないわ」

今まで見たことのない剣幕で恭介に迫るかまじろうを、ティーセットを携えた伊緒莉が穏やかに宥《なだ》める。

ふわりと辺りに広がるのはアールグレイの芳香。こんな素敵なティータイムも随分と久しぶりだったと気づき、壱花の胸はじんと熱を帯びた。

「壱花。濡《ぬ》れタオルをこちらと取り換えて。頬をしっかり冷やしておかないと、腫《は》れてしまうかもしれないわ」

「あっ、ありがとうございます、伊緒莉さん」

「いいのよ。そんなことよりも、身内への手出しを防げなかったことが悔やまれるわ」

艶《あで》やかな笑みのまま差し出された白い指先が、先ほど叩《たた》かれた頬にそっと触れる。

「今回の騒動のそもそもの元凶がそこの馬鹿館主であるとはいえ、連れ去られるだなんて私も脇が甘かった。加えてこんな理不尽な痛みまで……やはりあの人間、もうちいとばかし、反省させてやりゃあよかったかのぅ……」

「あ、あの、伊緒莉さん？」

憂いの表情に不穏な色が混ざっていくのを感じ慌てていると、伊緒莉はにっこりと微笑んだ。

「これからはもう二度とあなたを危険な目に遭わせないよう、私も十二分に気を付けるわ。もちろん、かまじろうもね」

話を振られたかまじろうもすぐさま敬礼し、「もちろんでございマス！」と凛々《りり》しく答えてくれた。馬鹿館主、はひとまずスルーした方がいいだろう。

「ですからそのぅ……壱花サマ」

「かまじろうくん？」

よじよじと壱花の膝《ひざ》に上ってきたかまじろうが、上目遣いでこちらを見つめた。

「壱花サマはこれからもずっと、この月無手製本編纂館のメンバーのお一人でいてくださいマスよね……？」

「かまじろうくん……。うん！　もちろんだよ……！」

「わあああんっ！　よかったデスー、壱花サマー！」

笑顔で頷《うなず》いた壱花の胸に、かまじろうは涙を流しながら飛び込んでくる。

「お主もあのくらいわかりやすい好意を示したらどうじゃ」「……五月蠅《うるさ》いよ」恭介と伊緒莉が何やら言葉を交わしているようだったが、壱花の耳には届かなかった。

「私も、この編纂館のことが本当に大好きだから。それに、まだやり終えていない作業も残っているしね」

「やり終えていない作業、でございマスか？」

首を傾げるかまじろうにふっと笑みを見せた壱花は、斜め掛けにしていたポシェットからあるものを取り出した。その現れたものの姿に、恭介ははっと目を丸くする。

「壱花ちゃん、それって」

「はい。私が今制作中の、初めての手製本です」

編纂館までの道のりを思い出す引き金になってくれた、未完成の手製本。慌てて出掛けようとする壱花が、真っ先に手に取ったものだった。

「私、初めて客人としてここに来てから一ヶ月間、姿が消えてしまったこの場所を捜し回っていました。そのことを思い出して、初めての手製本は、この編纂館までの道順を辿る地図のような本をと思ったんです。たくさんの出逢《であ》いを届けてくれた、私のかけがえのない場所ですから」

「壱花ちゃん……」

「恭介さんの、思惑どおりになっちゃいましたね？」

言いながらふわりと笑みを零《こぼ》した壱花に、恭介がほんの僅《わず》かに頬を染めたように見えた。

『少なくとも手製本作りが終わるまでは……この編纂館のことも忘れないでいてくれるだろうから』

以前恭介に、手製本作りを勧められたときの言葉は、どうやら忘れられてはいないようだ。

「さあさあ。壱花も編纂館に留《とど》まると言ってくれたことだし。まずはゆっくりと紅茶を飲みながら、今後の開館予定について詰めていきましょうか。実はこの傍《はた》迷惑な閉館期間に、少し遠出をして地方の希少な紙材を仕入れてきたのよね」

「じ、実はボクも、僭越《せんえつ》ながら故郷に古くから伝わる砥石《といし》を仕入れてまいりマシて、己の切り技を磨いてまいりマシた……！」

「伊緒莉……かまじろう」

突然の閉館宣言をあっさり受け容《い》れていた二人も、心の内では編纂館の開館を待ち焦がれていた。恭介が小さく呼ぶ仲間の名に、壱花もじんと胸が温かくなる。

「恭介さん。私も少しずつではありますが、自宅で地道に手製本制作の勉強をしてきたんです。なので今まで以上に、仲間として頼りにして下さいね」

「……ありがとう、壱花ちゃん」

「あ……っ」

礼の言葉とともに差し出された恭介の両手が、壱花の首裏で何やら動きを見せる。首に下げられたのは見覚えのある、金属チェーンに繋《つな》がれた飴色《あめいろ》の鍵《かぎ》だった。戻ってきたそれをしばらく見つめ、ぎゅっと手の中に包み込む。

「……もう二度としないで下さいね。鍵泥棒」

「うん。ごめんなさい。もう二度と、絶対」

「……いいですよ。許します。恭介さんはちゃんと、迎えに来てくれましたから」

私、待っていますから。

こちらが一方的に突きつけた約束だったが、それでも恭介は守ってくれた。

伊緒莉の言うところの気紛《きまぐ》れな館主に向かって、こみ上げてくる感情のままに満面の笑みを浮かべる。すると恭介は、どこか虚を突かれたように目を丸くし、ぱっと顔を背けた。

「恭介さん？」

「うん。大丈夫平気何でもないよ壱花ちゃん。だからその……ええっと……」

「今はそっとしておいてあげて壱花。恭介は今、人生初の恋慕の情と絶賛格闘中なんだから」

「レンボ……？」

「恭介サマ！　たとえへたれであっても、ボクはいつでもあなたサマの味方でございマス！」

「伊緒莉、かまじろう……ひとまず今は黙っていてくれる……？」

唸《うな》るように告げる恭介に、伊緒莉は愉快げに、かまじろうは嬉《うれ》しそうに笑みを零した。

その後、豊かな紅茶の香りを楽しみながら、四人は編纂《へんさん》館の開館予定について話し合いを進めていく。

そんな彼らの姿を、個性豊かな数多《あまた》の手製本たちがまるで祝福するように見守っていた。

参考文献

『改訂版　印刷・加工ＤＩＹブック』　大原健一郎、野口尚子、橋詰宗、グラフィック社編集部／著　グラフィック社
『クリエイターのためのＺＩＮＥのはじめ方』　玄光社
『ご当地発のリトルプレス』　PIE BOOKS／編著　パイ インターナショナル

本書は書き下ろしです。
この物語はフィクションであり、実在の人物・地名・団体等とは一切関係ありません。

あやかし手《て》製《せい》本《ほん》編《へん》纂《さん》館《かん》

あなたの想《おも》い、紡《つむ》ぎます

森原《もりはら》すみれ

令和６年　９月25日　初版発行

発行者●山下直久

発行●株式会社KADOKAWA
〒102-8177　東京都千代田区富士見2-13-3
電話　0570-002-301（ナビダイヤル）

角川文庫 24317

印刷所●株式会社暁印刷
製本所●本間製本株式会社

表紙画●和田三造

ISBN 978-4-04-115013-9　C0193

◇◇◇

角川文庫発刊に際して

角川源義

第二次世界大戦の敗北は、軍事力の敗北であった以上に、私たちの若い文化力の敗退であった。私たちの文化が戦争に対して如何に無力であり、単なるあだ花に過ぎなかったかを、私たちは身を以て体験し痛感した。西洋近代文化の摂取にとって、明治以後八十年の歳月は決して短かすぎたとは言えない。にもかかわらず、近代文化の伝統を確立し、自由な批判と柔軟な良識に富む文化層として自らを形成することに私たちは失敗して来た。そしてこれは、各層への文化の普及滲透を任務とする出版人の責任でもあった。

一九四五年以来、私たちは再び振出しに戻り、第一歩から踏み出すことを余儀なくされた。これは大きな不幸ではあるが、反面、これまでの混沌・未熟・歪曲の中にあった我が国の文化に秩序と確たる基礎を齎らすためには絶好の機会でもある。角川書店は、このような祖国の文化的危機にあたり、微力をも顧みず再建の礎石たるべき抱負と決意とをもって出発したが、ここに創立以来の念願を果すべく角川文庫を発刊する。これまで刊行されたあらゆる全集叢書文庫類の長所と短所とを検討し、古今東西の不朽の典籍を、良心的編集のもとに、廉価に、そして書架にふさわしい美本として、多くのひとびとに提供しようとする。しかし私たちは徒らに百科全書的な知識のジレッタントを作ることを目的とせず、あくまで祖国の文化に秩序と再建への道を示し、この文庫を角川書店の栄ある事業として、今後永久に継続発展せしめ、学芸と教養との殿堂として大成せんことを期したい。多くの読書子の愛情ある忠言と支持とによって、この希望と抱負とを完遂せしめられんことを願う。

一九四九年五月三日

角川文庫ベストセラー

宮廷神官物語　一　榎田ユウリ

聖なる白虎の伝説が残る麗虎国。美貌の宮廷神官・鶏冠は、王命を受け、「奇蹟の少年」を探している。しかし候補の天青はとんでもない悪ガキ。この子が？と疑う鶏冠だが、天青ともども命を狙われ……。

宮廷神官物語　二　榎田ユウリ

人の悪しき心を見抜くことができる奇蹟の少年・天青は、その力を見込まれ、美貌の神官、鶏冠と共に王都で暮らすことに。神官書生として学校に通うことになるが、仲間と馴染めず、頼みの鶏冠も冷たくて……。

ゴーストハント1　旧校舎怪談　小野不由美

高校1年生の麻衣を待っていたのは、数々の謎の現象。旧校舎に巣くっていたものとは——。心霊現象の調査研究のため、旧校舎を訪れていたSPR（渋谷サイキックリサーチ）の物語が始まる！

ゴーストハント2　人形の檻　小野不由美

SPRの一行は再び結集し、古い瀟洒な洋館で頻発するポルターガイスト現象の調査に追われていた。怪しい物音、激化するポルターガイスト現象、火を噴くコンロ。怪しいフランス人形の正体とは!?

あやかし民宿の　愉怪《ゆかい》なおもてなし　皆藤黒助

人を体調不良にさせる「呪いの目」を持ち、孤独に生きてきた少年・夜守集。高校進学を機に妖怪の町・鳥取県境港市にある、祖母が営むオンボロ民宿に住むことに。だがそこはあやかしが集うお宿で!?

角川文庫ベストセラー

水神様がお呼びです
あやかし異類婚姻譚
佐々木 匙

普通の高校生・美月は、1学年上の幼なじみ・天也と同じ学校に通っている。ある日、美月の周りにだけ綺麗な石が降るという奇妙な現象が起き始める。天也は何やら知っているようで、美月を守ろうとするが⁉

あやかし和菓子処かのこ庵
嘘つきは猫の始まりです
高橋由太

見習い和菓子職人の杏崎かの子。職場をクビになり困っていると、亡き祖父の知人・御堂朔が現れ、神社の奥にある和菓子屋へと連れていかれる。かの子はそこで、あやかし専門の和菓子屋を始めることになり？

あやかし和菓子処かのこ庵
マカロンと恋する白猫
高橋由太

かのこ庵に、少女の幽霊がやってきた。初恋の人にもらったアイス最中をもう一度食べたいという。何故か自分にだけ喧嘩腰な幽霊に戸惑いながら、かの子は朔の力を借りて試行錯誤するけれど――？

あやかし和菓子処かのこ庵
和パフェと果たせなかった約束
高橋由太

かのこ庵に、幼い少女の幽霊が訪れた。彼女は朔の式神である天丸・地丸を見て喜ぶ。二匹は、江戸時代、村のため贄にされた彼女を守ろうとして致命傷を負ったというのだ。切ない過去を知ったかの子は……。

火狩りの王
〈一〉春ノ火
日向理恵子

最終戦争後の世界。人類は火を扱えない病に冒され、炎魔という獣を狩る者は〈火狩り〉と呼ばれていた。火狩りに命を助けられた少女と、首都で暮らす少年。2人の人生が交差する時、新たな運命が動き出す。

角川文庫ベストセラー

火狩りの王 〈二〉影ノ火
日向理恵子

首都に辿り着いた灯子は、自身を助けた火狩りの家族を探す。煌四は火狩りに同行し、思いもよらない残酷な光景を目にする。様々な思惑が渦巻く中、首都には〈蜘蛛〉と呼ばれる者による反乱の時が迫っていた。

この本を盗む者は
深緑野分

本の町・読長町の書庫から蔵書が盗まれた。発動した呪いにより物語に侵食されていく町を救うため、本嫌いの少女・深冬は様々な世界を冒険していく。初めて物語に没頭したときの喜びが甦る、本をめぐる物語。

紙屋ふじさき記念館 麻の葉のカード
ほしおさなえ

叔母に誘われた「紙こもの市」で紙雑貨に魅了された百花。会場で紹介された一成が館長を務める記念館でバイトすることになるが……。可愛くて優しい「紙雑貨」に、心もいやされる物語。

紙屋ふじさき記念館 物語ペーパー
ほしおさなえ

大手製紙会社の「記念館」でアルバイトを始めた百花は紙の魅力にすっかりはまり、館長の一成と共にいろいろな企画を進めていた。しかし一成の従兄弟で営業課長が記念館不要論を唱えていることを知って！

紙屋ふじさき記念館 カラーインクと万年筆
ほしおさなえ

万年筆やガラスペンで人気のカラーインク。その商品企画を記念館で手伝うことになりはりきる百花たちだったが、またしても本社からの横やりが入って……紙でつながる人と人の優しい絆の物語。

角川文庫ベストセラー

紙屋ふじさき記念館
故郷の色 海の色
ほしおさなえ

所属する「小冊子研究会」の新歓イベントで川越の活版印刷の「三日月堂」へ遠足に行く百花。その頃、記念館が入っているビルの取り壊しの話が決まり、館の存続が社内では微妙な状況になっていた……。

紙屋ふじさき記念館
春霞の小箱
ほしおさなえ

現記念館の閉館まであと半年と少し。大学卒業後の進路も見えてくる中で、百花は一成のもとで和紙の仕事をしたいと強く心に思う。記念館存続のためにも活動を続ける百花だったが、予想外の事態が起きて……。

紙屋ふじさき記念館
結《ゆい》のアルバム
ほしおさなえ

未曾有の感染症が世界に広がり、記念館の閉館イベントは中止。百花もリモート環境で大学の卒論制作と就活が始まった。一成とも誰とも会えず不安な時を過ごす中、百花は改めて和紙の意義について考え……。

あやかし草紙
三島屋変調百物語伍之続
宮部みゆき

「語ってしまえば、消えますよ」人々の弱さに寄り添い、心を清めてくれる極上の物語の数々。聞き手おちかの卒業をもって、百物語は新たな幕を開く。大人気「三島屋」シリーズ第1期の完結篇！

彩雲国物語 1〜3
雪乃紗衣

世渡り下手の父のせいで彩雲国屈指の名門ながら、どん底に貧乏な紅家のお嬢様・秀麗。彼女に与えられた大仕事は、貴妃となってダメ王様を再教育することだった……少女小説の金字塔登場！